KB139153

말을 잃고 말을 얻다

소울앤북 산문집
말을 잃고 말을 얻다

초판 1쇄 발행 | 2023년 9월 25일
초판 2쇄 발행 | 2023년 10월 25일

지은이 | 조재형
편집인 | 이용헌
펴낸이 | 윤용철
펴낸곳 | 소울앤북
주   소 | 경기도 파주시 회동길 325-22, 3층
편집실 | 서울특별시 중구 삼일대로 6길 15, 3층
전   화 | 02-2265-2950
이메일 | poemnpoem@gmail.com
등   록 | 2014년 3월 7일 제4006-2014-000088

ⓒ 조재형, 2023

ISBN 979-11-91697-08-7 03810

* 이 책의 판권은 지은이와 소울앤북에 있으며 무단 전재를 금합니다.
* 잘못된 책은 교환해드립니다.

말을 잃고 말을 얻다

조재형 지음

소울앤북

| 차례 |

1부 | 지나간 오늘

2부 | 법과 문학 사이에서

3부 | 그놈의 인권

4부 | 법무사는 무엇으로 사는가

작가의 말

1부

지나간 오늘

삼거리 점방

내 어머니로 말할 것 같으면 열아홉에 6·25를 만났다. 어머니가 살던 석산골은 내장산 일대에서 활동하던 빨치산의 요새 중 하나였다. 국군의 소거 작전으로 솥단지 하나 들고 쫓겨나온 외삼촌은 어린 누이들을 데리고 정읍 시내에 피난민으로 터를 잡았다. 피난살림은 어떻게든 딸린 식구 하나라도 줄여야 했다. 꽃다운 나이 스물에 어머니를 서둘러 혼사시킨 이유였다. 전쟁이 아버지와 어머니를 부부로 맺어준 것이다.

변변한 교통수단이라고는 없던 전후戰後, 수완이 좋은 외삼촌은 마차 사업으로 돈을 벌었다. 시내에서 변두리로 넘어가는 고갯길이 주요 무대였다. 그때부터 지금까지 말고개라고 불리는 언덕이다. 외삼촌과 말이 통하던 아버지는 그를 따라 말을 부리는 사업에 손을 대기로 했다. 아버지는 농사일을 접고 도회지로 이거를 했다. 마차 사업을 좌우하는 건 말 그대로 말이었다. 그런데 손익분기점에 도달하기도 전에 아버지의 말이 다리를 다치는 바람에 사달이 났다. 말은 회복을 못 하고 사료 값만 빚으로 남겼다. 한동안 사업주 노릇을 하던 아버지는 다시 빈농으로 전락할 위기에 봉착했다.

　마차 사업이 망하고 다시 망산 마을로 낙향한 아버지는 사업 때문에 진 빚을 갚기 위해 곧장 강원도 벌목장으로 떠났다. 부양가족을 떼어놓고 혼자 떠난 길이었다. 아버지가 집을 나간 뒤 어머니는 우리 형제를 혼자 돌봐야 했다. 어머니는 아버지와 결혼하고 뒤늦게 한글을 뗐다. 춘향전 같은 언문 소설이 교본이었다. 아버지한테 글을 배운 어머니는 책 읽기에 취미를 붙였다. 아버지 없는 외로움을 달래려고 책에 매달린 것이다. 아버지가 강원도에 머물 때다. 호롱불 아래 책을 읽던 어머니가 잠깐 한눈을 판 사이, 아이들이 호롱 옆에서 장난을 치다가 화상을 입었다. 그 일을 계기로 어머니는 읽던 책을 불태우고 다시는 책을 잡지 않았다. 아버지가 알게 되면 경을 칠 일이었고, 어머니 스스로 징계를 한 거였다. 어머니는 미술을 전공한 형의 작업에 대해서는 퍽이나 관심을 보이지만, 책을 다루는 내 작업에 대해서는 짐짓 모르는 체하신다. 그 옛날 새끼들에게 화상을 입힌 사건이 책을 향한 어머니의 마음을 굳게 닫아놓은 것이다.

　아버지는 벌목공을 해서 벌어온 돈으로 빚을 갚고 나

자 난데없이 시골집을 팔자고 나섰다. 돈도 안 되는 농사일을 접고 삼거리 쪽으로 나가자는 거였다. 안 동네에서 불과 300여 미터 거리에 지나지 않았지만, 신식 극장이 들어서고 방앗간이 돌아가고 이발소와 담뱃가게가 새로 생겨나며 삼거리 일대는 번화가로 자리 잡고 있었다. 어머니는 아버지의 결단을 뜬금없는 객기로 치부하고 극구 만류했다. 마차 사업의 부침을 지켜본 어머니로서는 당연한 처사였다. 하지만 어머니의 반대를 물리치고 아버지는 전 재산인 논 서 마지기를 팔아 삼거리에 터를 잡았다. 굴삭기나 덤프트럭 같은 쓸 만한 중장비 하나 없던 석기 시대였다. 아버지는 동네 아저씨들과 지게질로 흙을 퍼 나르고 돌덩이로 땅을 다져 초가 한 채를 맨손으로 지었다. 그런데 준공을 얼마 앞두고 아버지가 뜻밖의 중병을 얻었다. 자리에 누워 있는 날이 더 많았다. 어느 하루 큰아버지 손에 이끌려 김제의 용하다는 병원을 다녀왔다. 병원에서 돌아온 큰아버지는 몰래 혼자 울었다. 진찰 결과를 묻는 어머니의 물음에 아버지는 투덜거렸다. 병원에서 별말 없이 소화제만 잔뜩 지어주더라고. 아버지의 병세를 큰아버지만 알고 아버지에게는 숨긴 거였다. 얼마 지나지 않아 비밀은 누설되고 아버지의 시한부 선고는 모두에게 알려졌다. 아버지를 좌절시켰던 말처럼 아버지는 끝내 회복을 못하고 어머니에게 빚만 남기며 떠났다.

아버지의 상중인데 매수자를 자처한 사람들이 찾아왔다. 아버지의 체온이 채 식기도 전이었다. 어머니를 생각하는 양, 당장 집을 내놓지 않으면 나중에는 팔기도 어려울 거라고 겁을 주었다. 그들에게 선의는 없었다. 홀로 남은 미망인의 궁박한 사정을 이용하려는 악의였다. 어머니는 일언지하에 거절했다. 그들의 섣부른 제의를 용납할 수 없었다. 아버지의 시신이 아직 집에 있는데, 미망인의 슬픔에 동참하기는커녕 가장의 죽음을 기화로 집을 싸게 먹으려는 그들의 저의에 혀를 내둘렀다. 집이 안 팔려도 좋고 굶어 죽어도 내가 알아서 할 일이니 걱정들 말라, 어머니가 쏘아붙였다. 미망인의 기세에 눌려 그들은 물러갔다.

아버지의 갑작스러운 죽음으로, 삼거리에서 재도약을 노리던 가족의 꿈은 붕괴되었다. 가장의 죽음은 가난을 불러왔다. 남매들이 품고 있던 꿈도 탈탈 털렸다. 가난이 우리 집을 폭격한 것이다. 어머니는 장례식을 치르기 무섭게 점방 문을 열었다. 그렇지 않으면 어렵게 잡은 단골이 하나둘 떨어져 나갈지 모르니까. 아버지에 대한 추모보다 끼니를 해결하는 일이 다급했던 것이다. 어머니는 건넛마을 사채업자한테 일숫돈을 끌어다 썼다. 별다른 유산이 없으니 일수를 기반으로 삼은 것이다. 그 돈으로 점방에 물건을 채우고 남는 수익금으로 높은 이자를 갚아나가며 버텼다. 일

수는 어머니에게 담보 없이 근심을 덜어준 은인이었다. 하지만 매일 갚지 않으면 안 되는 일수는, 어머니에게 근심의 진원지였다.

　가난한 점방의 미망인에게 신과 같은 존재였던 아버지가 돌아가시자 주변 사람들은 두 부류로 갈렸다. 한쪽은 마음에서 우러나와 아버지를 추모하고 그의 빈자리를 메워 어머니를 도우려는 이웃들이었다. 다른 한쪽은 아버지의 부재를 노리고 그 빈자리에 자신들의 잇속을 채우려는 사람들이었다. 아버지가 산으로 거처를 옮겨 떠날 때 만삭이던 어머니는 혼자 몸을 풀었다. 새 식구인 막내가 우리 곁으로 왔다. 아버지와 막내가 순차적으로 만남과 이별을 우리에게 안겨준 것이다. 어머니는 유복자인 막내를 키우고 점방을 여느라 아버지의 슬픔을 누릴 겨를이 없었다. 보다 못한 동네 사람 몇이 팔을 걷어붙이고 나섰다. 어머니와 호형호제하던 석전댁과 독대동댁, 흔랑댁이 그들이다. 그들은 어머니의 밀린 빨랫감을 자진해서 도맡아주었다. 세탁기도 없고 수돗물 한 방울 없던 때다. 동네에 하나뿐인 공동우물에서 방망이와 맨손으로 해결했다. 품삯은 없었다. 두터운 인정으로 정산한 거였다.

　어머니의 그 영웅들이 나이 때문에 건강을 잃고 하나둘 떠나갈 때마다 어머니는 며칠이고 숟가락을 내려놓은 채 잠을 설치곤 하였다. 어머니인들 달리 어떻게 할 수 있었겠는가마는.

　어머니는 점방을 애지중지했다. 손님들은 대개 농민과
노동자, 소상공인이었다. 그들에게 어머니의 점방은 마트였
고, 사교클럽이요, 카페였다. 없는 것만 빼고, 한바탕 웃음을
터뜨리고 땀을 식히는 데 필요한 잡화는 다 있었다. 마감 시
간이 따로 없어 새벽이고 밤중이고 손님이라고 찾아오면 맞
아야 했다. 점방은 좀처럼 문을 닫는 일이 없었다. 몸이야 피
곤하지만 논농사뿐인 시골에서 외상만 없다면 돈벌이로 괜
찮았다. 하지만 시골이라 점방에 오는 손님들은 외상을 원
했다. 외상이 많아도 너무 많았다. 현금이 궁하던 시절이라
외상을 안 주면 안 먹었다. 우선 파는 것이 급선무였던 어머
니는 외상을 깔았다. 계산기도 없던 시절, 구구단도 배우지
못한 어머니는 주먹구구식 암산으로 장부를 정리해야 했다.
장부는 외상을 기록해둔 어머니의 난필로 너덜너덜했다. 추
수 때가 되거나 명절이 가까워야 장부의 주인공들이 하나
둘 나타났다. 점방의 수지는 현찰의 수수 여부로 귀착됐는
데 누적되는 외상은 운영난을 부추겼다. 개중에는 먼 당숙
뻘이라는 사람을 빼놓을 수 없다. 그는 몇 가마니 값이 넘
는 술값-지금으로 치면 기백만 원에 이르는 금액-을 떼어
먹고 객지로 떴다. 일가친척이랍시고 도와주기는커녕 외상
이라고 마구 퍼마시고 입을 싹 씻은 것이다. 짚고 넘어가지

않을 수 없는 인물이 하나 더 있다. 윗동네에서 점포를 한다는 남자다. 그는 술값을 재촉한다고 술상을 뒤엎고는 고래고래 고함을 지르며 깽판을 치기까지 하였다. 어린 막내가 보다 못하여 그 남자를 죽여 버리겠다고 나섰다. 어머니는 외상값을 포기하고 그 남자를 돌려보냈다. 어머니의 고육지책이었다. 유복자인 막내는 어머니의 자산목록 1호였으므로, 그깟 외상값 때문에 막내를 조금이라도 다치게 할 수 없는 노릇이었다.

삼거리 일대를 주름잡던 극장은 TV의 등장으로 문을 닫고 정부양곡 창고로 변신했다. 추수가 끝나고 나락을 공판장에 내는 수매일이 되면 점방은 중년의 남자들로 북새통을 이루었다. 농산물 검사원에게 자신의 나락이 등외 판정을 받은 농민은 분기탱천했고 막걸리는 그들의 마음을 달래주었다. 발이 넓은 이장의 빽으로 검사원과 내통하는 장면이 눈에 띄기도 했다. 그 현장에도 막걸리는 빠지지 않았다.

점방에 손님들이 몰린다는 소문이 나자, 어머니의 친정집 먼 친척이 홀로 된 어머니를 돕겠다고 자청하고 찾아왔다. 점방에서 푼푼이 모아온 어머니의 목돈을 집에 두지 말라고 조언했다. 곗돈으로 이자를 키워주겠다고 장담하며 어머니를 홀렸다. 경험이 일천한 어머니는 친정 일가라고 하니 그 여자를 믿고 돈을 맡겼다. 하지만 그 여자는 어머니의 돈을 들고 서울로 야반도주했다. 그 돈만은 어머니도 포기할 수 없었다. 큰딸 혼수 자금으로 모은, 피 같은 돈이었다. 어머니는 서울로 무작정 올라갔다. 친척들에게 백방으로 수소문하여 그 여자를 찾아냈다. 그 여자는 어머니의 종잣돈으로 자기네 집을 짓고 호사를 누리고 있었다. 차마 친정 일가 일을 법에 맡길 수 없던 어머니는 배 째라고 버티는 그 여자를 어쩌지 못한 채 겨우 차비만 받고 돌아와야 했다. 그 일로 화병이 든 어머니는 한동안 몸져누워 지냈다. 돈도 돈이지만 친정 일가붙이가 자신을 속여 먹은 것이 분해서였다. 어머니는 이렇게 저렇게 떼인 돈을 다 받아냈으면 어엿한 집 몇 채를 샀을 것이라고 회고하곤 한다.

어머니는 점방에서 술을 팔면서도 자신의 입에는 술을 대는 법이 없었다. 하지만 점방을 그만둘 때까지 어머니의 몸에는 술 냄새가 뱄다. 그 냄새가 어린 우리를 먹여 살렸다. 점방에 딸린 방은 온 동네 사랑방이었다. 저녁이면 어머니와 같은 처지의 과수댁을 중심으로 점방을 채웠다. 그녀들은 화투로 다음 날의 운수를 점쳤다. 패가 안 좋으면 혀를 차며 내일을 미리 한탄했다. 화투를 이끄는 건 담배였다. 점방은 담배 연기가 걷힐 날이 없었다. 나는 그 연기의 틈바구니에서 소시민으로 살아가는 어른들의 문화를 접했다. 때로는 음담패설을 뒤섞은 추태를 엿보기도 하며 그들의 어두운 일면을 누구의 제지도 없이 관람했다. 점방은 나에게 학교 밖의 학교였다. 나는 점방을 통해 일찌감치 교과서 밖의 인생을 청강한 것이다. 은둔형으로 타고난 나는 누구나, 아무 때나 드나들어도 되는 점방이 영 마음에 안 들었다. 하지만 호구지책으로 삼고 있는 어머니한테 그런 내색은 금기였다. 나이로 치면 점방은 나보다는 몇 년 연하였다. 점방이 열살쯤 먹었을 때 나는 중학생이 되었다. 나는 점방을 겉돌며 암실 같은 골방에서 선생님이 떠안겨준 윤리를 팽개치고 자위나 해대곤 했다. 자위는 한때 나의 그늘 속에서 나와 같이 성장하며 나를 사로잡았다. 어머니는 나를 양지로 보내려고 술을 파는데, 음지에 숨고 싶은 나는 자위를 하며 울적해지는 나를 자위하곤 했다.

어머니는 경위야 어찌 되었든 일단 점방을 찾아온 사람에게는 퍼주는 데 일가견이 있었다. 고객이 아니라 과객이나 식객일지라도 차별을 안 두었다. 먼 전라도 땅으로 비단을 팔러온 대구댁은 어머니의 풋풋한 인심에 홀딱 반해서 농한기가 되면 점방에서 한겨울을 나곤 했다. 심지어는 옛 애인을 수소문하여 찾아온 퇴임한 역장의 딸에게도, 인천의 어느 공장에서 헤어진 연상의 공순이를 만나러 내려온 어린 공돌이에게도 선뜻 골방 한 칸을 내주었다. 막차를 놓친 그들의 사정을 헤아려 잠자리와 밥을 주었을 뿐 돈은 한사코 거절했다. 점방의 신세를 잊지 못한 그들은 한동안 왕래를 하다가 나이 때문에 더 이상 오갈 수 없게 되자, 간혹 어머니와 서로 전화를 붙들고 다 지나간 일들을 재소환하며 울먹이곤 했다. 그들 사이에서 그리움의 패권을 거머쥔 어머니는 시간이 갈수록 권위가 살아나는, 추억의 오래된 군주였다.

돌이켜보면 어머니는 장례식 날을 빼고는 오열할 틈이 없었다. 대신 새 식구로 우리 곁에 온 막내가 울었다. 절망을 불러오는 어머니의 오열과는 달리 막내의 울음소리는 잠깐씩이나마 우리에게 웃음을 불러왔다. 딱 한 번 아버지의 유택 앞에서 목격한 적이 있다. 무슨 일인지 모르지만 큰 소리로 울었다. 무덤을 지키는 애먼 풀을 쥐어뜯으며. 그날 이후 어머니의 눈물 바람은 종적을 감추었다. 자신의 여성마저 내려놓고 삶의 투사로 변신한 어머니는 타인들의 시선 따위는 대수롭지 않은 일로 깔아뭉개는 거였다. 생활의 최전선 삼거리에 자리 잡은 어머니의 점방은 궁기를 막아주는 참호였고 밥을 보급해 준 병참기지였다. 어머니의 주적은 생계였다. 엄동설한의 시린 빨래를 도맡아준 이웃들이 어머니의 아군이었다. 그들의 엄호를 받으며 어머니는 생계와의 전투에서 우리의 끼니를 지켜냈다. 그렇게 점방을 자신만의 세계로 구축했다.

삼거리를 지키던, 점방은 이제 없다.

중년의 어머니는 추억으로만 존재한다. 삼거리는 아직
그대로인데, 북적거리던 사람들은 하늘로, 땅속으로 자신들
의 무대를 옮겼다. 남아 있던 젊은이들은 거개가 객지로 뿔
뿔이 흩어졌다. 극장도, 이발소도, 만화방도, 담뱃가게도 문
을 닫았으므로 그들은 마음 놓고 떠났다. 동네를 나고들 때
모두의 정거장이었던 점방은 어머니 혼자 먹고 혼자 잠드는
여염집이 된 지 오래다. 모두들 떠났는데…… 어머니는 아
직도 그곳에 진을 치고 있다. 누구나의 추억이 은신하고 있
는 그곳에 아무도 돌아오지 않는데…… 어머니는 아직 거기
서 그 무엇인가, 그 누구인가를 기다리고 있다. 그 무엇에도
그 누구에게도 굴복된 적이 없이 말이다. 진즉 해가 저물었
는데…… 여직 문도 닫지 않은 채 마당을 서성이고 있다. 추
억 속의 점방은 그대로 있고, 어머니는 여전히 그 자리에 속
해, 느리게 조용히 늙어 가는데…… 내가 속한 여기의 우리
는, 도무지 알 수 없는 어떤 세계를 향해 끝없이, 빠르게, 앞
다투어 가고 있다.

나는 어떡하라고

시골 극장의 전성기였다. 저녁이면 극장 일대는 영화를 보러 나온 사람들로 붐볐다. 근동의 대여섯 개 읍면에서 남녀노소가 극장가로 쏟아졌다. TV가 중요 매체로 등장하기 전이라 볼거리나 오락이라고는 영화가 유일한 장르였다. 나는 영화 포스터를 동네 담벼락마다 붙이러 다니는 극장의 패거리를 따라다니곤 했다. 극장 객석의 껌을 떼어내는 똘마니들의 곁꾼으로 불려 다니기도 했다. 어린 나로서는 극장의 희비와 스텝들의 이면을 들여다보는 재미가 쏠쏠했다. 소형 트럭 적재함에 설치한 확성기를 통해 '문화와 예술을 사랑하시는 ○○면민 여러분, 안녕하십니까?'로 시작하는 홍보차량의 스피커 소리는 예비 관객 모두를 흥분의 도가니로 몰아넣었다. 얼마 안 되는 용돈을 모아 극장에 다녀오는 것이 당시의 문화적 활동이었다. 때로는 어머니의 주머니를 몰래 털어서라도 어서 들어오라고 포스터 속 주연 배우가 사춘기를 향해 질주하는 우리를 부추겼다.

언제부터 그곳에 출현하였는지는 모른다.

저녁이면 그녀가 골목에 나타나 유행가 중 한 소절을
반복해 부르곤 했다.

나~는 어떡하라고, 나~는 어떡하라고.

내가 미워졌나요, 믿~을 수가 없어요.

가수 윤복희의 노래를 부르는 그녀는 맨발이다. 발등
에는 구두끈 자국이 남아 있다. 아마도 몇 달 전까지 굽 높
은 하이힐을 신고 다닌 여염집 출신이라고 발등의 자국이
그녀의 이력을 대변하고 있다. 여자로서의 무장을 해제하
고 쏘다니느라 얼굴은 검게 그을렸으나 제법 미인이다. 애
인 한두 명은 족히 두었을 만큼 호감을 주는 이목구비를 지
니고 있다.

사람들은 저마다 탐문한 정보를 내세우며 그녀의 신상
을 밝히는 데 초점을 맞추었다. 사랑하는 사람한테 버림을
받아 미쳐버렸을 것이라는 게 다수설이었다. 부모의 반대에
부딪혀 애인과 생이별하는 바람에 머리가 돌아 버렸을 것이
라는 게 소수설이었다. 어쨌든 둘 다 가출의 원인은 사랑과
이별로 귀결되었다.

나는 맨발의 발등이 마음에 걸렸다. 그녀의 목소리가

들리면 떼를 지어 쫓아다니는 아이들 꽁무니에 나도 따라붙어 그녀의 뒤를 밟았다. 하지만 극장 주변은 내 눈길을 빼앗아 갈 것이 너무도 많았으므로, 내가 그것들에 한눈을 파는 사이 순식간에 그녀는 내 시야에서 사라지곤 했다. 어디서 잠을 자는지, 누구한테 밥은 얻어먹는지, 내 걱정을 떨쳐낼 뾰족한 수단은 없었다.

그녀가 극장 골목에 출현한 지 반년 정도 흘렀을까? 주로 밤에만 출현하던 것과는 달리 어느 한낮, 그녀를 둘러싸고 사람들이 웅성거렸다. 나도 군중 틈으로 비집고 들어갔다. 젊은 사내들이 그녀의 신체를 검사하고 있다. 그녀는 옷을 벗은 채로 무방비였지만 부끄럽다는 듯 움츠리는 태도를 보였다. 배가 볼록하다. 밥을 많이 먹어서가 아니라 임신한 것이다. 처음 그녀가 이 바닥에 나타났을 때는 멀쩡한 처녀였다. 어떤 놈이 흑심을 품고 그녀의 몸을 더럽힌 게 분명했다.

나는 극장 주변에 살아 이런저런 영화를 통해 세상을 탐험했다. 그러는 사이 어른들이 알 만한 어지간한 일을 보고 듣고 자라는 동안 또래들보다 웃자란 조숙아가 되었다. 내가 알고 있는 한 그것은 범죄였다. 심신상실 상태인 그녀의 몸에 함부로 자기의 씨를 뿌린 '그놈'은 성폭행범이다. 하지만 자기들 자식 일이 아니었으므로, 누구도 선뜻 나서서 그녀를 감싸지 않았다. '그놈'이라면 십중팔구 극장 주변을 장악한 패거리 폭력배 일당 중 하나일 터였다. 극장의 뒷골목은 그들이 장악하고 위세를 부리곤 했다. 파출소 경관마저 쉽게 다루지 못할 만큼 그들은 막강한 배후를 가진 듯했다.

그날의 끔찍한 신체검사를 목격한 다음 날부터 그녀는 우리의 시야에서 사라졌다. 그 뒤로 그녀의 레퍼토리를 나는 더 이상 들을 수 없었다. 누구도 그녀의 후일담을 입에 올리지 않았다. 무거운 그녀의 몸이 어떻게 마무리되었는지 그 사건의 행방을 알 수 없었지만, 어른들이 입을 다물고 있다는 것은 결말이 좋지 않다는 반증이었다. 내가 경험한 어른들 세계는 아이들 귀에 옮기기 어려울 만큼 끔찍한 일이 생기면, 아이들 앞에선 입을 다무는 게 불문율이다. 어른이 되면서 나도 배우게 된 침묵의 카르텔 같은 것이다.

윤복희의 노래를 부르던 그녀의 목소리와 몸짓은 소년 관객의 가슴에 녹화되어 있다. 지금도 시골 극장 시절로 돌아가 추억의 버튼을 누르면 재생된다.

―나는 어떡하라고.

만화방 1호 손님

만화방은 여러 동네가 교차하는 삼거리에 자리 잡았다. 현흠은 만화방 앞 동네에 사는 청년이다. 만화방을 지키는 문희가 그의 마음을 사로잡는다. 현흠은 매일 저녁 만화방을 찾는다. 만화책을 빌리러 간 것이다. 한두 권이 아니다. 한 번 오면 한 박스씩 빌려 간다. 수십 명의 아이들이 빌려가야 올릴 수 있는 매출액을 현흠이 단번에 뚝딱 해치운다. 그는 금세 단골이 된다. 그간 단골의 자리를 고수하던 우리를 제치고 만화방 1호 손님으로 현흠이 등극한 것이다. 문희는 현흠 때문에 만화방을 비울 수 있는 시간을 번다. 현흠이 노린 건 바로 그 점이다. 문희에게 시간을 벌어주어 그 시간을 나누려는 현흠의 수작이다.

둘은 동네의 어두운 고샅이나 골목 어귀에서 사람들에게 자주 목격되곤 한다. 본래 현흠은 책이라고는 읽지 않는 위인이다. 일찌감치 학교를 때려치우고 경운기 운전을 시작한, 동네에서 알아주는 1등 일꾼이다. 그가 빌려 간 만화책은 골방에 방치되었다가 마감 날짜에 맞추어 반납된다. 문희의 마음을 부추겨 현흠 쪽으로 움직이게 하는 수단으로 만화를 이용한 것뿐이다.

날이 갈수록 만화방에서는 문희를 볼 수 없다. 현흠을 만나는 횟수만큼 만화 대여 수량이 늘어나고, 만화 대여 수량만큼 문희가 현흠에게 몰아주는 시간도 늘어난다. 두 사람이 사귄다는 소문이 꼬리에 꼬리를 문다. 두 사람의 연애를 둘러싼 비화는 두 동네의 공공연한 비밀이다. 한 해를 넘기기 전에 문희의 몸에는 때 이른 변화가 일어난다. 문희의 깊은 몸속을 밭으로 삼아 현흠이 자신의 씨를 뿌린 것이다. 문희가 잉태를 한다. 현흠의 아이다. 만화를 통해 이룬 둘만의 결실이다. 만화방을 들락거리더니 만화 같은 일이 벌어진 것이다.

나도 삼거리 만화방의 단골이었다. 하교하면 매일 찾아가 한두 권씩 만화를 빌려 보는 주요 고객이었다. 하지만 현흠이 나타나며 나를 비롯한 꼬맹이 고객은 한물갔다. 우리 꼬맹이들이 빌려보는 일주일 분량을 현흠이 나타나 하룻저녁에 해결하고 갔기 때문이다. 그즈음 문희는 우리가 가더라도 본체만체했다. 현흠이 나타나기 전과 후, 손님으로서 우리들의 등급이 달라진 것이다. 문희네 만화방의 매출을 현흠이 좌지우지했으니 당연한 결과였다. 만화방 문은 닫히는 날이 잦았다. 그럴 때마다 우리는 딱히 갈 곳이 없었다.

　나는 현흠이 미웠다. 다른 아이들도 현흠을 미워했다. 그가 우리에게서 문희를 빼앗아 갔기 때문이다. 그러니까 우리에게 현흠은 공적이었다. 일꾼으로서 동네 일이나 열심히 할 것이지 뭐 한다고 만화방을 들락거린다는 말인가. 우리는 만나기만 하면 다 같이 그를 성토했다. 하지만 우리들 각자 가진 재력을 다 털어도 문희를 우리 곁으로 다시 데려오기에는 역부족이었다. 푼돈을 가진 우리는 목돈으로 공략하는 현흠을 이겨낼 재간이 없었다. 문희가 현흠의 아이를 뱄다는 소문이 돌더니 문희는 아예 만화방 문을 닫고 말았다. 우리는 아지트를 잃었다.

*

　집안의 홀어머니들 밑에서 곡소리를 자주 들었기 때문인지 나는 일찌감치 철이 들었다. 아버지의 몫을 감당해야 했던 어머니는, 첫째도 막내도 아닌 중간의 나를 챙겨줄 여유가 없었다. 누나와 형은 객지에서 드문드문 다니러 왔으므로 나한테 할애할 시간이란 남아 있지 않았다. 달리 붙잡고 생떼를 쓰며 속내를 털어놓을 상대가 내겐 없었다.

　만화방은 그런 내 마음을 꼬불쳐 놓기에 더없이 좋았다. 백열전구가 조명의 전부인 어두침침한 쪽방에서 오밀조밀 앉아 만화에 빠졌다. 교과서를 대물림하던 시절이었다.

새 책이라고는 받아본 일이 없다. 활자에 갈급한 나는 글씨가 있는 것이라면 닥치는 대로 챙겨 읽었다. 어머니가 장날 물건을 싸온 신문 쪼가리도 나한테는 신간이었다.

만화방에 가면 주인공이 나를 기다리고 있었다. 나는 주인공이 이끄는 대로 경계를 두지 않고 쏘다녔다. 집에 돌아오는 시간도 까먹기 일쑤였다. 거기서 누구누구랑 어울리거나 이야기를 나눈 기억이 없다. 책만 읽다 왔기 때문이다. 우수고객이던 나에게 만화방은 경당이고 성전이었다. 만화교 신자요 신도인 나에게 만화는 경전이요 성경이었다. 그 시절 다독한 만화 속 법문은 내 동심의 원천이 되었다. 궁금한 질문을 어디에서도 해소할 수 없던 나는 만화 속에서 상상력으로 응답을 얻었다. 나를 서정의 세계로 이끌던 만화책은 나를 사로잡았다. 만화속 주인공이 내면에서 화자로 깊이 자리 잡은 것이다. 그 동심 속 화자가 오늘의 내 문학을 이끌고 있는지 모른다.

소문의 질

우리 옛집 건너편에 정미소가 있었다. 오래된 창고처럼 냄새나는 방앗간이었다. 정미소 주인이 건물 모서리에 방 하나와 부엌을 달아냈다. 신접살림을 차리기에도 옹색한 규모이다. 소꿉놀이나 하면 좋을 만큼 비좁은 공간이다. 정미소는 추수가 끝나면 방아 찧는 계절이나 분주할 뿐, 겨울부터 다음 해 가을이 오기까지 한가했다. 주인은 그 잉여 기간을 메꾸려고 방 하나에 세입자를 들였다.

한때 그 방에 낯선 부녀가 들어왔다. 외지에서 흘러온 일가다. 이상한 식구였다. 나이 어린 아들이 막내로 딸려 있다. 아버지로 보이는 남자는 중년을 넘긴, 키 작은 사내다. 언젠가 공용터미널 공터에 차린 서커스단에서 봤음직한, 공 굴리는 곡예사처럼 다부진 체격을 지녔다. 딸로 보이는 이는 결혼 시기를 놓친 노처녀 같았다. 일가는 동네 사람과는 말을 섞는 법이 없었다. 오래 머물려는 사람들의 태도가 아니었다. 그래서일까. 나쁜 소문이 일가에게 따라붙었다. 사람들이 앞에서는 쉬쉬하고 뒤에서는 쑥덕거렸다.

부녀가 '배꼽을 맞추고 잔다'는 거였다.

근친 간의 잠자리를 의심하는 비속어였는데, 어린 나는 배꼽을 맞추어 본 적이 없는지라 그 말의 진의를 알아채지 못했다. 하지만 해서는 안 되는 짓이라는 정도는 짐작할 수 있었다. 집 근처에 자리한 극장에서 어른들만 보는 영화를 몰래 여러 편이나 봐온 전력 때문에 조숙해진 나는 눈치가 또래들보다는 빨랐다.

사람들이 이상한 눈초리로 부녀를 보기 시작하자, 어린 내 눈에도 수상하게 보이기 시작했다. 어린 아들의 출생에까지 의심이 따라붙기 시작했다. 부녀에 대한 소문의 질이 점점 나빠졌다. 회복하기 어려운 수준으로 치달았다. 아무도 소문의 속도를 말리는 사람은 없었다.

근동에 불량한 청년이 하나 있었다. 그는 싹수없기로 정평이 난 광이 씨다. 십 년 연상과도 말을 걸치고 지내는 천하의 난봉꾼이다. 동구 밖 간이 승강장에서 버스를 기다리는 두 부녀에게 다가간 광이 씨가 말을 붙였다.

—어이, 둘이 배꼽을 맞추고 지낸다며?

그가 다짜고짜 부녀에게 반말을 던졌다.

광이 씨의 도발적인 질문에도 부녀는 가타부타 반박을

하지 않았다. 마치 자신들의 비행을 묵인하듯이, 시인도 부인도 않는 모호한 태도를 보였다. 오히려 부녀끼리 주고받는 말투는 동네 사람들의 의심을 부추겼다. 아비 되는 이가 딸에게 '어이'라고 불렀다. 자기 딸이라면 응당 누구야, 라고 하대를 해야 하는 데도 말이다.

부부 같던 부녀는 동네 사람들의 지나친 관심을 이겨내지 못하고 일 년도 못 채운 채 떠났다. 말도 없이 가버려서 언제 떠났는지는 아무도 몰랐다. 어느 날 그들이 갑자기 보이지 않아서 떠난 것으로 알았을 뿐이다. 동네 사람들이 뜬소문을 소재로 허무맹랑한 소설을 쓴 것일까. 아니면 부부처럼 살던 부녀가 자신들의 정체가 탄로 날까 봐 사라진 것일까. 그 후로 더 이상 떠도는 소문도 없었다. 그들 가족과 함께 소문도 자취를 감춘 것이다.

어머니의 비행

어머니는 아버지의 유산인 점방을 두 칸으로 나누어 선술집을 겸했다. 점방에는 아이들이 몰려오고, 선술집에는 주로 나이 든 어른들이 찾아왔다. 간혹 모자를 푹 눌러쓰고 잠입하는 고등학교 형들이 있었다. 어머니는 그들에게도 막걸리를 팔곤 했다. 교복에 책가방을 들었으니 영락없이 학생 신분이다. 청소년에 대한 음주 제공이니 어머니가 위법 행위를 한 거였다. 누군가 이런 장면을 목격하고 파출소 주임에게 밀고라도 했다면 어머니는 붙잡혀 갔을 것이다. 다행히 사람들은 어머니의 비행을 눈감아 주었다.

유신 체제가 무르익어가던 70년대였다. 그 시절의 형들은 어른보다 더 어른 같았다. 나랏일을 먼저 걱정하고, 앞장서 독재를 비판할 줄 알았다. 베이비붐 세대인 그들은 다들 비슷하게 가난해서 어지간한 일로는 주눅이 들지 않았다. 비슷한 규모의 가난이 서로에게 위로가 된 것이다.

어머니는 형들을 어린 학생으로 보지 않고 그저 손님으로 대했다. 대신 어른들 눈에 띌지 모르니 얼른 마시고 가라고 재촉했다. 선 채로 게눈 감추듯이 막걸리 한 사발씩 입에 붓다시피 하고 형들은 바람처럼 사라졌다. 내 눈에는 그런 형들이 불량하게 보이고, 그런 학생을 상대로 막걸리를 파는 어머니가 불안하게 보였다. 하지만 어린 형들이 막걸리를 마시고 호주머니를 털어 내놓고 가는 쌈짓돈은 내 연필과 공책을 사는 학자금의 재원이 되었다. 나는 형들이 키운 장학생인 셈이다. 그런 형들이 지금은 중노인 다 되어 경로당을 지키고 있을 것이다. 형들에게 막걸리를 몰래 팔던 어머니는 동네의 최고령이 되었다.

　비행을 즐기려는 학생들 사이에서 어머니의 비행은 더이상 비밀이 아니었다. 내가 마음에 들어 하지 않던 어머니의 그런 모습은 빈궁한 여자 혼자 겪을 수밖에 없던 고난의 서사 속에서 만들어졌다. 내가 함부로 비판의 눈으로만 볼 수 없는 이유이다. 어머니가 젊은 날에 틀림없이 가졌을 빛나는 모습들을 나는 알지 못한다. 어머니의 청춘을 증거할 목격자들은 이승의 제적부에서 실종된 지 오래다.

　삼거리를 지키던 점방은 80년대 들어 신작로가 포장도로 바뀌면서 헐렸다. 그 참에 우리는 모시기 편한 도시로 어머니를 빼돌리려고 시도했지만, 어머니는 그 자리에 남아 있기를 갈망했다. 어머니의 고집을 꺾을 수 없던 우리 형제는 집이 헐리며 나온 보상금으로 포장도로 옆에 작은 집을 새로 지었다. 어머니는 삼거리를 점령한 영주였다. 점방은 영주가 기거하는 성이다. 어머니의 고집이 우리를 꺾고서 자신의 성을 지켜낸 것이다. 누구든지 고향 마을에 진입하려면 어머니의 성을 통과해야 한다. 삼거리를 국경선으로 어머니와 우리는 다른 세계를 살고 있다. 어머니는 옛날을 지키고 있고, 우리는 현재를 소진하고 있다.

누구라도 그러하듯이

내게는 고등학교 시절의 가까운 동창이 남아 있지 않다. 소외를 자처하며 얻은 대인기피증후군 때문이다. 아이들이 대학으로 떠나고, 혼자 남은 나는 그들과 연락을 끊었다. 일부러 나를 찾아오는 친구하고만 만났다. 내 안에서 그들은 젊은 날의 모습으로 남아 있다. 여드름으로 고민하던 학우들의 면면을 나는 가끔 앨범에서 꺼내 본다. 그날의 대화를 재현하거나 안부를 묻고 내 근황도 전해 주고 싶어서다.

―나 이렇게 살고 있어!

―너는 어때?

기숙사에 들어간 건 열아홉이다. 그곳에서 뛰쳐나온 것도 열아홉이다. 기숙사 사감은 총각이다. 전공인 역사를 열심히도 가르쳤다. 수업 시간에는 유창한데 수업이 끝나면 그는 입을 닫았다. 묵상이 그의 일과 중 하나로 보였다. 우리는 아침 6시에 기상을 해야 했다. 사감은 라디오로 기상 시간을 알렸다. 배인숙의 '누구라도 그러하듯이'라는 노래가 흘러나왔다. 자욱한 새벽안개를 헤치고 운동장을 몇 바퀴 돌고 나면 배가 고팠다. 사감에게는 냉소적인 애정 같은 게 있었다. 우리는 그에게 차가운 존경을 품고 있었다. 잠에서 막 빠져나와 새벽에 놓여 있는 우리를 고양시켜준 것은 배인숙의 멜로디였다. 억제만이 미덕인 기숙사에서 사감이 들려주는 배인숙이야말로 미덕이었다.

나에게 역사는 흥미로운 과목이다. 33문항을 내면 32 문항을 맞혔다. 시험이 끝나고 채점하는 시간에 나를 호명한 사감.

—조재형이 어떤 녀석이야?

—한 개 틀렸어! 학년 중에 유일한 점수야!

감히, 내가 낸 문제를 다 맞히려고 들다니…… 고얀 녀석이군. 이렇게 말하는 표정이다.

기숙사는 추웠다.

난로가 한 대 있었다고는 하나, 수업이 있는 낮에는 아예 꺼놓았다. 저녁때만 불을 피웠다. 30명이 지내는 방에 석탄 난로가 달랑 한 개였다. 난로가 추위로부터 우리를 구해주는 게 아니라, 우리의 체온으로 난로를 지키는 꼴이다. 너무 추워서 옷을 입은 채로 잤다. 옷을 입고 자는데도 추웠다. 서로 춥다고들 구시렁거렸지만, 사감에게는 감히 따질 엄두가 나지 않았다. 공연히 엄살 부리다가 기숙사에서 쫓겨날지 모르니까…… 다들 잠자코 지냈다.

—나, 기숙사 나갈 거다.

뜬금없이 내가 룸메이트에게 한 마디 던졌다.

내일이, 내 앞이 안 보였기 때문이다.

아이들은 목적지를 대학으로 설정하고 가속페달을 밟고 있었다. 목적지를 정하지 못한 나는, 몸만 켜둔 채 마음은 정차 중이었다. 앞서가는 친구들의 후방등 불빛이 어지러웠다. 몸은 숙사 안에 있었지만, 마음은 늘 바깥을 서성였다. 생각에 잠겼다 눈을 떠보면 모두 입시를 향해 질주하고 있었다. 교과서를 봐야 하는 바쁜 틈에도, 나는 다른 책을 몰래 보고 또 봤다. 그렇게 나는 갈팡질팡하며 나를 공회전 시키고 있었다. 그들이 절제의 미덕을 장착하여 대학을 향해 고속으로 달리는 동안, 나는 나만의 내밀한 방황에 전력투구했다. 내가 나중에 어떤 사람이 되어 있든 그것의 상당 부분은 기숙사에서 만들어진 방황의 소산일 터이다. 내 나름의 이런 분투는 지금까지도 이어오고 있다.

모두 좁은 문을 향해 가고 있었다. 선생님은 우리에게 좁은 문을 통과하면 넓은 세계가 나온다고 달래곤 했다. 의자는 작고, 책상도 작고, 둘이서 한 침상으로 써야 하는 기숙사 침대도 좁았다. 책상에서는 서로 답안지를 가려야 했으므로 좁은 책상은 더 좁아졌다. 아이들은 친구이고 동시에 서로 뛰어넘어야 할 경쟁자였다. 그 좁은 문을 끼어들기에는, 가난한 비중이 너무 큰 나는 쉽사리 끼어들 용기를 내지 못했다.

나의 목적지에 대해 집에서는 일언반구도 없었다. 어머니는 점방을 지키기에 바빴다. 얼마 안 되는 수입으로 빠듯한 가계와 고투 중이었다. 삼륜차 같은 점방에 자식들을 태우고 혼자 비포장의 생계를 운행하던 어머니 앞에서, 나는 어떤 말도 꺼내지 못했다. 학벌의 정체가 뭔지도 몰랐던 촌부도, 나도 그것이 장차 내 생에 어떻게 작용할지, 나의 내일과 어떤 상관성을 갖게 될지 가늠하지 못했다. 학교를 졸업하기 무섭게 공직으로 진출하는 동네 형들이, 어머니가 바라는 나의 미래상이었다.

나는 기숙사를 나왔다.
퇴소가 나로서는 차선의 선택이었다.
누구도 나를 말리지 않았다. 이유도 묻지 않았다. 아이들은 각자 정차할 제 자리 찾기 바빴다. 내가 샛길로 빠지는 이유를 물어볼 틈도, 나를 위로해줄 시간도 그들에게는 없었다. 거기서 하차하며 나는 희망을 담아두었던 가방을 놓고 왔다. 꿈으로 향하던 문을 확 닫아 버린 것이다. 남은 아이들의 꿈만을 화물로 상차한 기숙사는 제 속도를 내며 앞으로 나아갔다.

3학년을 마치고 기숙사를 모두 퇴소하면서 그들과 나 사이에는 벽이 생겼다. 거리를 두며 내가 국경을 만든 것이다. 그들에게는 학번이라는 게 생겼지만, 나는 학번이 없었다. 대신 나는 서둘러 입대하면서 군번을 얻었다.

그렇게⋯⋯ 40년이 흘렀다.

그 기나긴 세월 한 번도 만난 적 없는 친구가 태반을 넘는다. 이따금 기숙사는 나를 생각에 잠기게 한다. 생각나는 이름 몇 개를 나직이 불러본다. 그들은 내가 불러도 대답을 않는다. 자기 길을 가는데 정신이 팔려있어서일까.

40년 전, 저편에⋯⋯ 기숙사를 입소하는 내가 보인다. 곧이어 퇴소하는 나도 보인다. 웬일인지⋯⋯ 어두운 얼굴을 하고 있다. 그때의 사감이 지금의 나를 부른다. 그때 거기서 나와 지금 여기서 뭐 하고 있냐, 고 내게 묻는다.

*

기숙사 사감 노릇을 했던 노총각 선생은 훗날 신부가 되었다. 교장으로 퇴직했을 거라는 우리들의 기대치와 어긋난다. 우리 중 누구도 그의 보기 드문 영성을 간파하지 못했다. 한때 그의 제자였던 나는 수사관을 거쳐 시인이 되었다.

우리는 서로 다른 길을 가고 있다. 아니다······ 한 곳을 향해 우리는 돌아가고 있다.

기숙사 라디오가 처음 들려준 배인숙의 노래는, 내 청춘의 성가가 되었다. 나도 모르는 사이에 기숙사는 내 젊은 날의 성지가 되었다. 가끔, 젊은 날을 돌아보면 기숙사가 보인다. 자세히 보면 이정표도 보인다. '청춘의 성지로 가는 길'이라고 쓰여 있다.

소문이라는 고위직

마을 이름이 청운리다. 동리 한쪽에 '성심원'이 있었다. 음성으로 분류된 한센병 환자들이 집단으로 거주하는 공동체다. 주변 마을 사람들은 그 공동체에 접근하기를 꺼렸다. 거기에 갔다 오면 누구나 용사로 공인받을 정도였다. 거기서 일을 보고 온 이야기를 꺼내면 참전에서 돌아온 상이군인의 무용담처럼 동네 사람들은 침을 삼키며 들어주곤 했다. 그저 밥 한 끼 얻어먹고 온 이야기에 불과한데도, 마치 종전에서 귀환한 역전의 용사처럼 여겼다.

성심원을 바라보는 삐뚤어진 시각이 우리 안에 굳건히 자리 잡고 있었다. 문둥이 소굴처럼 오신하고 있는 우리의 무지가, 거기 들어가면 곧장 나병에 전염되어버리는 것인 양 시선의 왜곡을 키웠다. 사실, 거기는 음성 환자들 2세가 다수를 이루었다. 한센병에서 완치된 사람들이 한센병과는 무관한 2세들과 함께 소록도 같은 집단시설지구에서 나와 바깥 생활에 적응하기 위해 모여 살고 있는 음성 나환우촌이다.

60년 초 정부의 지원으로 설립되었다. J시와 B군의 경계 지점에 한센인 마을이 위치해 있다. 관할 행정당국이 정부의 권고로 마지못해 공동체 환우들을 받아들일 때, 가급적 자기 고장에서 멀리 떨어진 장소를 내준 것이다. 주민들이 경계를 염두에 두지 않고 집을 짓다 보니 가구 중 몇 호는 J시 관할이고 몇 호는 B군 관할이 되었다. 간혹 마을에서 불상사가 생기면 관할로 인한 다툼이 일어나곤 했다.

어쩌다 그 동네 아이들이 다니던 분교가 폐쇄되는 일이 생겼다. 상세한 이유는 기억나지 않는다. 오지 마을의 인구 감소 때문이 아니었나 싶다. 분교는 내가 다니던 학교와 멀지 않았다. 폐쇄로 인해 오갈 데 없는 분교 아이들 몇이 내가 다니던 학교로 전학을 시도했다. 그러자 일부 학부형이 선동을 했다. '문둥병 환자들과 아이들을 같이 있게 할 수 없다'는 게 주된 이유였다. 해괴한 소문이 급속도로 퍼졌다. 분교 선생이 나병에 전염되어 폐쇄되었다는 식으로 정체불명의 괴소문이 치맛바람을 타고 마을과 교실을 떠돌았다.

아이들이 등교를 거부하는 사태로 번졌다.

부모는 자동적으로 미성년자인 자녀들의 친권자가 된다. 친권은 부모가 공동으로 행사하되, 의견이 일치하지 아니한 경우에는 법원이 정한다고 되어 있다. 하지만 논밭에 매여 분망한 우리들의 아버지 대신 어머니들이 친권을 행사하는 게 시골 가사의 관습이었다. 학교에 관한 소문을 관장하는 일은 더욱 그랬다. 어머니들은 친권자로서 우리를 보호하고 교양한다는 권리와 의무를 내세워 치맛바람을 행사했다. 결국 악화된 소문 때문에 교육 당국이 개입해야 할 만큼 심각해졌다.

선동에 앞장선 학부형들은 소문을 확대 재생산했다. 분교 아이들은 나환자가 아닌데도 마치 전염 병균을 지닌 환자인 것처럼 호도하면서 학교 안팎은 한동안 뒤숭숭했다. 지렁이가 소문의 등을 타면 며칠 지나 고래가 되는 식이었다. 종이호랑이가 소문을 등에 업고 삽시간에 진짜 호랑이처럼 탈바꿈했다. 소문은 무서운 힘을 지니고 있었다. 나쁜 소문들이 아이들을 쫓아내는 도구로 동원되었다. 세상에서 검증되지 않은 속설들이 분교 아이들한테 불리하게 재편집되었다. 시골 학교에서 가장 직위가 높은 사람은 교장이 아니다. 육성회장도 아니다. 소문이 가장 높은 자리를 차지했다. 소문이라는 직책을 이길 자는 없었다. 소문은 죄 없는 아이들을 고문하는 태도로 일관했다. '어서 문둥이임을 자백하라'고 말이다. 분교 아이들을 둘러싼 소문 앞에선 사랑도 자비도 맥을 못 추었다. 소문을 원자재로 제작된 거짓말은 경전이나 성서를 능가했다.

분교 아이들은 끝내 우리 학교로의 전학이 좌절되었다. 아이들이 운동장 한편에서 서성이던 광경은 내 기억 속에 족적처럼 찍혀 있다. 당시 분교에서 온 여자애들은 내 눈에 하나같이 예뻤다. 본교의 천방지축 하는 우리들처럼 분교의 아이들은 그저 개구쟁이일 뿐 그 이상도 그 이하도 아니었다. 분교에서 쫓겨난 아이들의 학습 환경은 형편없었다. 그런데도 넓은 운동장과 큰 교실을 갖춘 본교의 우리는 분교의 그들에게 인색하게 굴었다.

그들의 얼굴에선 깊은 어둠이 도사렸다. 그 어둠 속에는 절망이 웅크리고 있었다. 그들을 어둠 쪽으로 쫓아낸 그때, 우리들이 품고 있던 빛도 자취를 감추었다.

반전

중학교적 학우들은 보고 싶지만, 그 시절로 돌아가고 싶지는 않다. 달갑지 않은 추억 하나를 피할 수 없기 때문이다.

*

진로를 놓고 고민하던 3학년의 나는 S시에 있는 공업학교 입학을 결심한다. 특성화학교다. 70년 초 정부의 중화학공업 육성 방침에 따라 정밀가공사 양성학교로 출발했다가 특수목적고로 인가된 학교. 공기업 현장 숙련공을 배출하기 위한 전진기지로서 졸업하면 바로 취업이 보장되는 국립학교다. 벽지의 학생들에게는 선망의 대상이다.

내가 다니던 모교는 농민들이 시골 면소재지에 설립한 상아탑이다. 비록 벽지에 위치하고 있지만 베이비붐을 타고 학년별 학생 수만 해도 5백여 명이 넘는다. 너도나도 그 특수학교를 지원하는 바람에 지원자 수가 제한적이다. 도내

중학생이 전부 응시 대상이라 경쟁률이 높은 편이다. 각 학급당 두 명씩만 지원이 가능하다. 취업이 잘 된다는 이유 하나만으로, 우리는 아무것도 모른 채 그 학교를 선호한다. 유신공화국 절정기를 통과하고 있던 춘궁기라는 게 한몫을 한 것이다. 면서기나 지서 주임을 부모로 둔 출신 성분 말고는 대학 진학은 꿈도 꾸지 못한다.

나도 덩달아 거기를 지망하려고 담임한테 진학 상담을 요청한다. 우리 반에서는 나까지 세 명이 지원한다. 그중 나와 한 아이가 성적이 앞선다. 다른 아이는 상대적으로 성적이 낮다. 명색이 입시전형이니 성적순으로 지원자를 정하는 게 당연한 수순이다.

결과는 예상을 빗나간다. 나를 빼고 성적이 낮은 아이 하나가 추천자 명단에 오른다. 성적이 높은 내가 지원자 명단에서 탈락된 것이다. 급우들도, 나도 알고 있다. 나보다 성적이 뒤진 그 아이가 담임의 후광을 업고 있다는 걸. 그 아이는 평소 담임의 잡무를 도맡아 해 주고 있다. 둘이서 내가 품으려던 희망에 타격을 가한 것이다. 편모슬하인 나와 달리, 양친을 둔 그 아이는 나보다 훨씬 나은 형편이다. 안 그래도 좁은 입시문인데 그가 끼어들어 더 좁아졌다.

하필 그 아이는 나와 친한 사이다. 일단 나는, 내가 지원자 명단에서 탈락된 경위를 담임한테 직접 들어보고 싶어 찾아간다. 하지만 담임은 얼버무리고 시원한 대답을 내놓지 못한다. 어쨌든 학교가 한번 결정하고 나면 그게 곧 법이 되는 시대다. 그 친구도 나도 한동안 그 불상사를 입 밖으로 꺼내지 않는다. 우리 사이에 암묵적으로 금기어가 된 것이다.

특유의 익살로 학우들과 명랑하게 어울려 지내던 나는, 그 일을 계기로 말수를 줄이고 조용히 지낸다. 침묵시위다. 내 나름의 방법으로 담임과 그 친구에게 소극적인 복수를 감행한 것이다.

학교를 졸업한 후에도 그 친구는 나를 간간이 찾는다. 자기가 입학한 특수학교의 유별난 학사 생활에 대해 털어놓아도 나는 듣는 둥 마는 둥 한다. 나중에는 그 친구의 방문까지 건성으로 대한다. 대범하지 못한 내 안의 오기가 발동한 것이다. 얼마 동안 그렇게 대하자 그 친구가 발길을 끊는다. 대신 장문의 편지를 내게 보낸다. 나와의 결별을 밝히는 고백서다. 편지에서 냉기가 흐른다. 문장의 행간마다 불안한 징후가 뒤섞여 있다. 밤을 새우며 휘갈긴 격분의 티가 역력하다. 궁핍한 내 집안의 흑역사까지 비아냥대며 그에게 불충했던 내 행적에 퍼붓는 비난 일색이다. 우리의 우정을 참수하는 극형의 판결문이다.

내 딴에는 그가 내게 진 빚(?)을 그에게 대물변제로 청구한 것인데…… 담임의 실책에 대한 서운함이 그를 향한 것인데…… 나는 단지 내 처지를 그에게 투덜거린 것인데…… 부채감을 느낄 리 없는 그는 우정을 청산하는 수순을 밟았다. 그는 정색하며 내 저의를 전투적으로 읽어버린 것이다. 나는 한 대 얻어맞은 것처럼 마음이 얼얼하다. 나는 그를 더는 붙잡지 않는다. 우리는 데면데면한 사이로 악화된다.

나는 변명이 될 수밖에 없는 답장 대신 무언의 항변을 한다. 그가 보냈던 편지를 한동안 간직한다. 일부러 덧나게 하려고 잊어버릴 만하면 다시 상처의 근원인 편지를 꺼내 내면을 건드리곤 한다. 고의성 자해다. 우리의 우정은 익기도 전에 바닥에 떨어졌다. 낙과다. 씁쓸한 기억 위로 시간이 쌓이고 쌓인다. 우리의 교류는 동결된다. 우정이 혹한기에 돌입한 것이다.

*

그와 관계가 틀어진 후로 나는 좀처럼 다른 사람과 새로운 우정을 재개하지 못했다.

몇 번의 봄을 지나 우리는 결국 다시 만난다. 상봉한 동기는 기억나지 않는다. 까다로운 나보다는 유연한 그가 먼저 접근했을 것으로 추정된다.

나를 제치고 거기를 지원했던 그는 정작 그곳을 졸업

하는 것만으로는 충분치 않았는지 산업현장으로 가는 길을 접고 다시 대학을 갔다. 보장된 취업을 포기하고 인문대학으로 선회한 것이다. 문학을 전공한 그는 어느 도시의 교원으로 자리 잡았다. 그를 챙겨주었던 담임과 같은 직군으로 우회한 것이다.

그는 교단에서 아이들을 가르친다고 하였다. 하지만 그는 시를 쓰지 않는다. 산문도 쓰지 않는다. 내가 시집을 보내도 반응이 신통치 않다. 산문집을 보내도 마찬가지다. 내 눈에 그는 지쳐있는 사람처럼 보인다. 시집과 산문을 대하고도 무덤덤할 만큼 얼음왕자가 되었다. 마침내 그는 연락마저 끊었다.

그때 내가 만일 그 학교에 진학했다면 졸업과 동시에 취업하여 나는 청년공을 거쳐 지금쯤 엔지니어의 길을 가고 있을지 모른다. 조기 취업을 바라던 어머니에게는 효자 소리를 들었을 것이다. 하지만 거기를 가지 못하는 바람에 나는 타의로 공장행을 면했다. 그때 담임의 결단이 내 삶을 통틀어서 어떤 계시였는지 모른다. 우여곡절을 겪으며 나는 돌고 돌아 법무사가 되었고 글을 쓰며 살고 있다.

젊은 날 그는 내 앞에서 바리케이드 역을 맡았다. 내가 가려는 곳을 막아선 것이다. 내가 가지 못한 길을 갔던 그는 나를 따돌리더니 다시 방향을 틀었다. 그의 진로방해 때문에 정작 나는 나의 길을 찾은 셈이 되었다. 그가 내 앞길을 가로막지 않았다면, 나는 어디선가 길을 잃고 헤매고 있을지 모른다. 문학으로 향한 길을 찾지 못한 채.

사촌

나는 그를 사용했다. 하지만 그는 나를 이용하려고 시도한 일이 없거니와 나는 그에게 사용할 틈도 안 주었다. 그는 내가 손을 내밀면, 그때마다 한 번도 내 손을 뿌리치지 않았다. 나로 하여금 그를 사용하도록 자신을 아낌없이 내놓았다. 그는 자신을 무방비로 열어둔 채 나를 향해 개방했던 것이다. 내가 언제라도 자신을 맘껏 써먹을 수 있도록.

어린 시절부터 나는 그가 창고처럼 문을 열고 있어서 내 슬픔과 걱정을 터놓고 맡길 수 있었다. 그가 내 곁에 없었다면 아무리 많은 사람 곁에 있어도 나는 혼자였을 것이다. 자기 일이 바쁠 때조차 그는 언제나 내 입장에 서서 생각했다. 그는 내가 원하면 매일이라도 나에게 제공했지만 나는 그에게 딱 하루도 인색했다. 나는 다른 사람에게 시킬 수 없는 일을 골라 그에게 부탁했다. 그는 매사 내 앞에서만큼은 그렇게나 힘들고 사소한 일도 세상에서 가장 쉬운 일인 듯 아무것도 아니라는 투로, 오히려 자신에게 일을 맡겨 행복하다는 듯이 뚝딱 일을 해치웠다. 나만 좋다면 자신의 일정을 바꾸는 것은 일도 아니다. 그는 말과 행동으로 줄곧 나를 감쌌다. 나를 위해서라면 언제라도 자기 시간을 아끼지 않겠다는 생각을 품고 있다.

유년의 사고로 한 눈을 실명했다. 눈 때문에 색안경을 끼고 살았는데, 눈 때문에 색안경을 끼고 본다. 동요와 트로트를 넘나드는 사촌의 하모니카는 모두를 울리곤 했다. 좋아하는 악기로 하모니카를 내 안에 등록한 계기다. 하모니카는 옛날의 그곳으로 데려다준다. 내가 도착하는 과거 속에서 나는 시간의 모퉁이를 거슬러 가는 사촌의 눈물을 만나기도 한다.

어려울 때면 전당포처럼 사촌을 들락거리며 나는 값도 안 나가는 서러움 따위를 골동품으로 맡기곤 했다. 그때나 지금이나 사촌이 없다면 누구하고 있어도 나는 혼자다. 내가 원하면 매일을 송두리째 나에게 제공했지만 나는 사촌에게 내 하루의 어떤 자리도 내주지 않았다.

번듯한 직장에서는 문전박대했다, 그놈의 눈 때문에. 은행 거래가 서툴러 푼푼이 모은 돈을 낙찰계에 맡겼다, 책

과 거리를 둔 그놈의 눈 때문에. 사모님 완장을 찬 계주가
야반도주해 버렸다, 그놈의 돈에 성한 눈이 멀어서. 목돈을
떼이고 절망의 수렁에 빠졌지만 다시금 일어섰다, 밑천으로
남은 그놈의 낙천주의 때문에. 계주가 박아놓고 간 대못을
빼내기 위해 인력시장을 전전했다. 거기서 망치를 만나 예
수와 동종업자가 되었다. 현장에서는 쾅쾅 대못을 박고 다
니지만, 남의 가슴에는 콩알만한 못 하나 박지 못한다, 사촌
의 그릇이 크기 때문에.

식구

유년의 나는 개를 유별나게 좋아하는 아이였다. 아니 강아지를 좋아했다. 어느 정도였느냐 하면 강아지를 아기처럼 여겼다. 사람이 먹는 밥과 국을 말아서 간까지 맞추어 가며 주었다. 강아지가 내게는 한 집에서 한솥밥을 나누어 먹는 식구였다. 형이나 아우처럼 버릴 수 없는, 버려서는 안 되는 관계였다. 우리는 서로의 말을 못 알아들었지만 표정만으로 충분했다.

겨울이 되면 나는 강아지가 추울까 봐 노심초사했다. 사람이 입던 옷을 가져다 바닥에 깔아주었다. 여름이면 나는 강아지가 더울까 봐 또 걱정했다. 찬물을 수시로 갖다주었다. 그늘도 만들어주었다. 그렇지만 내가 강아지한테 준 것보다 강아지가 내게 준 것이 더 많았다. 강아지는 나 혼자 감당하기에는 진한 유년의 외로움을 특유의 재롱으로 희석시켜주었다.

남의 집에서 처음 가져오면 강아지는 밤새 울었다. 나

는 그 소리에 잠을 설치곤 했다. 시끄러워서가 아니라 어미와 떨어져 강아지가 겪고 있을 슬픔 때문이었다. 학교에서 돌아오면 가장으로 복무하랴 분주한 어머니보다 강아지를 먼저 찾았다. 언제나 누구보다 나를 먼저 반겨준 것은 강아지였다.

초등학교 저학년 때다. 강아지가 무럭무럭 자라서 개라고 불리게 된 어느 날 오후다. 학교에서 돌아오니 중년의 남자가 어머니와 이야기를 나누고 있었다. 그는 개장수였다. 엿들어 보니 개를 팔려고 흥정하고 있는 거였다. 나는 안 된다고 떼를 썼다. 막무가내로 울면서 항의했다. 비록 땅꼬마였지만 거센 나의 반발을 어머니도, 개장수도 꺾지는 못했다. 결국 개장수는 빈손으로 돌아가야 했다.

얼마를 지나 다시 어머니가 개를 팔겠다고 나섰다. 나는 역시나 안 된다고 했다. 어머니는 나를 달랬다. 식용으로 개장수에게 파는 게 아니라고. 우리 집보다 더 잘 사는 집에서 기르기 위해 사 간다는 거였다. 나는 그래도 믿을 수 없다고 버텼다. 어머니가 협상안을 내놓았다. 정 믿지 못하겠거든 나더러 직접 데려다주라는 거였다.

어머니가 팔려는 이유는 돈 때문이다. 갯값이라도 살림에 보태려는 호구지책이었던 것이다. 철부지였지만 그 정도는 알 만했다. 개를 대하는 면에서 우리 모자는 차이가 컸다.

달라도 너무 달랐다. 내가 개를 식구로 여기는 반면 어머니는 개를 재물로 삼았다.

우리 집 살림이 형편없을 때라, 무조건 팔지 말라고 버티기에는 어린 나로서도 명분이 부족했다. 어머니와 나는, 개가 팔려나가는 과정을 내가 다 지켜보는 것으로 합의를 봤다. 그래도 내 머릿속은 근심으로 가득 찼다. 개를 팔아서 살림에 보태려는 어머니의 뜻을 꺾을 수도, 팔려가는 개를 그냥 지켜만 볼 수도 없는 노릇이었기 때문이다. 팔려가는 개를 위해 내가 할 수 있는 일은 없었다. 나는 아주 난감해졌다. 어린 내 수중에는 어머니를 뜯어말릴 돈이란 없었으므로. 이제 어쩔 도리가 없다는 생각이 나를 파고들었다. 나는 고개를 가로저었다. 내게서 강아지를 빼앗아간다는 생각이 나를 힘들게 했다. 식구처럼 함께 지낸 개를 물건처럼 팔면 안 된다고 생각했지만 더는 어머니에게 반박하지 못했다.

어머니는 같은 동네에 살던 당숙을 불렀다. 그는 어머니의 시아제였다. 그가 끄는 자전거 짐칸에 내가 탄 채 개를 끌고 갔다. 삼십 리 정도 떨어진 곳에 자리한 집이었다. 자가용이 없던 시절이니 꽤나 먼 거리였다. 자갈이 깔린 비포장 신작로였다. 자전거가 달리는 내내 엉덩이가 들썩거릴 만큼 요철이 심했다. 근심으로 덜컹거리는 내 심장과 신작로의 요철이 반목을 일으켰다. 그 집에 도착하자 주인이 나를 안심시켰다. 잘 키울 테니 걱정하지 말라고. 나 몰래 어른들끼리 짰는지는 모르겠다. 나는 그들의 말을 믿고 돌아오는 것 말고는 달리 방도가 없었다. 어머니에게 더는 물어보지 않았다. 당숙의 자전거 짐칸을 타고 돌아오는 내내 나는 소리 없이 울었다. 그래도 개를 위해 내가 무언가를 했다는 자부심이 나를 적잖이 위로했다. 어린 날의 나는 그런 아이였다. 나는 당시 강아지와 개에 관한 한 거의 광적인 집착을 보였다.

개와 얽힌 나의 사연은 끝이 없다. 나는 유년을 강아지와 함께 보냈다. 일찍 떠난 아버지와 가장 노릇에 여념이 없는 어머니의 빈자리를 강아지가 대신 채워줬기 때문이다. 불평불만이 가득 차 후기인상파 소리를 듣던 나는 강아지 때문에 웃었다. 강아지는 만화처럼 나를 웃게 하였고, 팔려가는 개는 할머니의 상여처럼 나를 울게 했다. 집에 돌아오면 강아지는 나를 따라다니며 성가시게 굴었다. 그것이 나에게는 관심으로 보여서 그렇게 좋을 수가 없었다. 비록 나는 철부였지만 개에 대한 이야기를 나눌 때만큼은 어른들 앞에서도 진지함이 묻어나왔다고 내 육친들은 회고한다.

마지막으로 키우던 개를 떠나보낸 후로 나는 여태껏 어린 날의 식구를 까맣게 잊고 살았다. 끊임없이 밀려드는 사건들에 둘러싸이면서 개와의 추억이 떨어져 나가 시간 속으로 사라졌기 때문이다.

　나는 그때 누구든 안고 싶은 대상이 필요했다. 개가 있어서 나는 안을 수 있었다. 나는 그때 나를 안아줄 누군가 필요했다. 그럴 때마다 나는 되도록 개를 힘껏 안아주었다. 내가 누군가에게 안기고 싶은 만큼.

　아직도 남의 집 강아지의 눈을 들여다보면 나는 놀란다. 옛날의 나를 웃게 하던 강아지의 눈을 다시 보는 것 같아서다.

큰누님뎐

큰누님 칠순이라고 조카가 초대를 한다. 영상 편지를 만들어 보내라는데…… 자신이 없다. 나는 여간해서 겉으로는 눈물을 안 흘리는 편이다. 속으로야 울지만…… 온화한 얼굴을 가진 독한 놈이라는 소리를 듣기 딱 맞는 자가 나라는 사람이다. 그런데 큰누님한테 영상 편지를 만들어 보내 달라는 조카의 부탁을 받고 나자 벌써 울컥해진다. 너무도 이른 나이에 타계한 아버지 대신, 집안의 가장 역을 맡은 어머니 때문에 내 입학은 큰누님 몫이었다. 다른 애들은 엄마 아빠가 따라붙는데 나는 큰누님이 동행했다.

20대에 어떤 시험에서 낙방한 적이 있다. 골방에서 분을 삭이고 있는데 단번에 합격을 고대했는지 어머니가 볼멘소리를 마다치 않고 진로를 걱정한답시고 내 속을 뒤집어 놓았다. 꿈을 일구는 공방 같던 골방은 하루아침에 창살 없는 감옥이 되었다. 누구도 나를 가두지 않았지만 나는 내 속에 나를 가두었다.

바로 그때, 출가하여 일가를 이루고 다른 고장에 떨어져 살던 큰누님이 첫차를 타고 한걸음에 달려왔다. 골방에 조용히 들어와 나를 다독였다.

－빨랑 직진하면 좋겠지만, 한번은 돌아서 가라는디 어쩌겠냐

－한 번쯤 돌아가면 되잖어

내 탓이 아니라 시험의 몹쓸 난이도 탓으로 돌리며, 위로와 함께 재도전할 힘을 실어주었다. 누님이 그때 준 것은 용기였다. 누님이 속삭임처럼 들려주는 위로에 귀 기울였다. 그것은 나에게 빵과 포도주 같은 거였다.

어쨌든 이유를 불문하고 시험은 떨어졌다. 하지만 큰누님 때문에 좌절은 면할 수 있었다. 나는 누님이 준 빵과 포도주를 먹고 마시며 실의의 늪에서 헤쳐 나올 수 있었다. 조급한 어머니가 바라는 대로는 되지 않았지만, 다시 도전하는 데 빼놓을 수 없는 용기를 얻은 것이다. 나는 내 저력을 의심하지 않고 소심한 골짜기에서 나를 구해 준, 큰누님에게 사랑의 빚을 갚기 위해, 보란 듯이 그다음 해 합격의 결과를 안겨드렸다. 그때에도 큰누님은 맨 먼저 달려왔다. 나보다 더 나를 걱정하고, 나보다 더 내 일을 기뻐했던 큰누님이다.

누님이 그날 첫차를 놓치고 내게 오지 않았다면 나는 절망의 골짜기에서 빠져나오지 못하고 지리멸렬한 삶을 살

앉을지 모른다.

불현듯 옛날과 만나는 순간이 있다. 거기를 깊이 파고 들어가면 그곳에는 항상 누님이 우물처럼 서 있다. 그 우물에서는 마르지 않고 포용이 흐른다. 누님은 나를 영웅으로 호명했고, 나는 영웅이 되기로 결심했고 마침내 나는 누님의 나라에서 영웅이 되었다.

고마워 누나!
누나 때문에 여기까지 왔당게

손으로 쓴 편지

어제 손 편지를 받았다. 자기 일 중 글쓰기를 맨 앞자리에 두는 바보 같은 문우한테 온 것이다. 재생 용지로 빼곡하게 썼다. 하루 종일 안주머니에 넣고 다녔다. 환한 낮에 읽으면 소식이 날아갈까 봐 노심초사하며 저녁이 오기를 기다렸다. 열어보니 아무렴 나에게 무어라도 전해 주려는 Z의 마음이 읽혔다. 어차피 그이 자체가 내게는 또 하나의 편지이기도 하다. 그이는 누구보다, 무엇보다 시를 더없이 사랑한다. 내가 아는 한 그이는 이 세상에 얼마 안 되는 건강한 시인 중 하나다.

*

중학교 때다.

열사의 나라 중동에 돈 벌러 간 한 형에게 나는 편지를 썼다. 그가 친척은 아니다. 동네 선배다. 그렇다고 친한 사이도 아니다. 똑똑한 사람이었으나 궁핍한 가사 때문에 초등학교를 마치자마자, 대패를 잡고 목수의 길로 갔던 형의 뒷모습이 어린 내 눈에 애석하게 보였다. 나는 기어이 주소를 알아내 그에게 편지를 썼다. 다짜고짜 행한 촌놈의 도발이다. 그 형보다 못한 동네의 다른 선배들이 교복을 입고 다녔던 게 나는 영 마뜩잖았다. 내가 그 형에게 편지를 쓰기로 마음먹은 건 단지 그것 때문이다. 국제우편인데 무에 그리 할 말이 많았는지 두툼하게 채워 보냈다.

두어 달 지나 그 형한테서 답장이 왔다. 경로가 잘못되었는지 여러 군데를 떠돌다 늦게 받았노라고, 자신의 안부보다 편지의 안부를 길게 썼다. 국제우편은 요금이 비싸니 다음에 부치려면 얇은 종이에 쓰라고 조언을 빼놓지 않았다. 몇 년 지나 그 형이 귀국했을 때 그에게서 감사의 말을 들은 기억은 없다. 나는 하나도 서운하지 않았다. 그에게 편지를 쓰는 순간, 나로서는 효능을 다하였기 때문이다.

군대에 있을 때 바로 윗선임에게 변고가 생겼다. 군기교육대에 잡혀간 것이다. 군대로 말하면 영창이고 사회로 치면 구속이다. 그는 발랄한 청년이었는데, 휴가 중 벌칙 위반으로 헌병에게 적발되었기 때문이다. 수송차량에 실려 가던 선임의 뒷모습이 짬밥을 넘기는 목구녕에 걸렸던 나는 거의 매일 편지를 썼다. 애인처럼 꼬박꼬박 자대로 복귀하는 날까지 부쳤다. 자대에서 졸병한테 편지를 받은 장병은 자기밖에 없었다고 선임이 풀려난 뒤 고백했다.

한 동네 죽마고우가 서울로 이사 갔을 때도, 나는 그 녀석에게 편지를 썼다. 계절이 바뀔 때마다 변해가는 고향의 풍경과 내 신변잡기를 지면에 옮겨 보냈다. 녀석은 저 혼자 보지 않고 내 허락도 없이 자기 식구끼리 돌려가며 읽어버렸다. 어느 날 녀석의 집을 방문했을 때다. 그가 나를 자기 형수에게 소개하면서 그러는 거였다. "형수! 얘가 바로 그 아이야. 육장 편지를 보내오던……" 녀석의 형수는 편지 주인공을 한번 보고 싶었노라고 웃음으로 반겼다. 그제야 내 편지를 돌려보고 있었다는 걸 알게 되었다. 나는 겸연쩍었지만 과히 기분이 나쁘지는 않았다.

나는 편지를 쓰면서 성장했다. 편지는 행복했고 답장은 설렜다. 받는 이를 위한다기보다 나 스스로를 향한 자위적 행동이었다. 무엇이라도 쓰지 않고는 배기지 못하는 속성이 내면을 지배하고 있었다.

나는 후기인상파

나는 별명이 세 개다. 초등학교 때는 '제비'였다. 내 이름 한 글자를 따서 붙여준 유치한 네이밍이다. 재형이니까 제비라는 것. 여기서 제비란 강남 갔다 오는 길에 박 씨를 물어다 준 흥부네 제비였을 것이다. 극장 옆에서 유년을 보낸 나는 19금 영화를 제법 일찍 봐온 터라 또래보다는 조숙한 편이었다. 제비족의 실체 같은 걸 어지간히는 알고 있었다는 말이다. 하여 아이들은 나를 제비라고 불렀지만, 나는 '제비족'으로 들렸다. 기분이 별로였다.

두 번째 별명은 '후기인상파'다. 한동네에 살던 종훈이 형이 붙여준 것이다. 형은 유일하게 질풍노도 시기의 나를 역성들어주는 사람이었다. 형이 고등학교 3학년이고 내가 중학교에 갓 입학해서 사춘기가 시작되었을 무렵이다. 조숙한 나는 또래들보다는 동네의 나이 많은 형들과 맞장 토론-말싸움-을 갖곤 했다. 반항기가 많은 나는 형들 앞에서도 마음에 안 들면 인상을 마구 쓰면서 물러설 줄 몰랐다. 범 무서운 줄 모른 하룻강아지였던 것이다. 인상을 쓰며 달라붙는 나를 가리켜 종훈이 형은 후기인상파라고 불렀다. 그는 놀림 반 격려 반으로 불렀을 터인데, 나는 과히 기분이 나쁘지 않았다.

종훈이 형과 내가 나이를 초월해서 논쟁을 벌일 수 있던 건 한참 연상인 그가 자신을 낮추어 나를 포용해서였다. 우리는 그때 70년대 중반을 건너고 있었다. 형은 '창비'라는 잡지를 옆구리에 끼고 다니던 문학청년이었다. 나는 은근히 그를 마음속에 담아두고 지냈다. 외로움의 실체를 모른 채 외로움을 파고 살던 나에게, 형은 고독한 창구 역할을 해주었다. 내가 보고 싶은 세상을 형 때문에 어렴풋이나마 읽을 수 있었다. 나이도 많은 그는 무엇 때문에 굳이 어린 나를 친구처럼 대해 주었을까. 내 표정의 이면에 숨어 있는 내 번민을 그가 들여다본 것이다. 그것을 보고서 차마 모른 체할 수 없었을 것이다. 그가 나와의 거리를 좁힌 이유가 거기에 있었다고 나는 믿는다. 유년의 거울을 돌아보면, 웃음이라고는 찾아볼 수 없을 정도로 인상을 쓰는 내가 거기에 있다. 나는 내심 따뜻했지만 겉으로는 차가웠다. 곁을 내어주지 않는 사람이었다. 형은 그런 나를 지지해 주는 얼마 안 되는 사람 중 하나였다.

초등학교적 일화다. 어느 시험 날 아침, 같은 마을 후배가 연필통을 두고 온 사정을 알게 된 종훈이 형은 두말없이 단 하나뿐인 자기 연필을 잘라 몽당연필 두 개로 만든 다음 후배에게 건네며 시험을 무사히 치르게 했다. 왼쪽 뺨을 맞으면 오른뺨을 내주고 말았을 형의 일면이다.

어느 날 나는 시인이 되었다. 종훈이 형이 맡아야 할 배역을 내가 차지한 꼴이다. 내가 시를 쓰게 되었을 때, 그는 이미 이 세상 사람이 아니었다. 많지 않은 나이에 그는 죽었다. 마흔을 하루 앞둔 설명절 때였다. 고향의 부모를 찾아뵙고 객지의 집으로 돌아가던 길이 마지막이 된 것이다. 빙판길 사고였다. 사고 순간, 동승한 가족을 구하려고 핸들을 자기 쪽으로 틀어 형 혼자 숨지고 가족은 무사했다. 형답게 떠난 것이다. 그토록 따뜻한 형이 차가운 땅에 묻히기 위해 얼어붙은 몸으로 귀향하던 날, 우리는 마을 회관 앞에 환영객처럼 모였다. 형의 춘부장은 목 놓아 울었다. "새끼(손자)들이야 또 낳으면 되는데, 왜 니가 애비보다 먼저 죽었냐, 이놈아. 하루만 넘겼으면 아홉수를 피할 수 있는데……" 어떤 위로의 말도 힘을 잃어버린 그때, 조문객으로 하관식에 참례한 우리는 눈물을 삼키며 장지로 향했다.

내가 정작 시인이 되었을 때 서운하고 속상했던 건 그가 더는 이 세상의 일원이 아니라는 거였다. 그가 영원히 내 글을 읽을 수 없다는 거였다. 내가 글을 쓴다는 소식을 접했다면 그는 반색했을 사람이다. 누구보다 내 글의 첫 번째 독자 역을 자임했을 것이다. 나는 목소리로 기억한다, 내 별명을 불러주던 형을. 나에게 형은 언제나 다정한 미소로 기억되는 사람이다. 까칠한 나는 형에게만큼은 마음을 열었다.

세 번째 얻은 별명은 독사였다. 검찰수사관으로 악명을 떨치던 시절, 뒷골목을 장악한 어둠의 세력이 붙여준 것이다. 나도 모르게 내 뒤에서 자기네들끼리 호명해온 것을 나는 뒤늦게야 알게 되었다. 독사로 불린 것은 사건을 한번 물고 늘어지면 끝을 볼 때까지 놓아주지 않는다는 것이 주된 이유였다. 별로 유쾌하지 않은 작명이었지만 그렇다고 거부감을 크게 느끼지는 않았다. 수사관으로서 소임은 내 삶의 일부였으므로 그러려니 했다.

국가유공자 가족이 피해를 당한 사건이 있었다. 상이용사로 실명한 남편의 연금을 모아두었는데 고정 수입이 없자, 그 종잣돈으로 이자라도 불려보려고 사채로 대여를 한 것이 화근이었다. 눈먼 돈으로 여긴 가해자는 사업자금 명목으로 빌려 간 고액을 떼어먹고는 갚지 않는 거였다. 그녀에게 그 돈은 눈먼 남편의 피와 살이었다. 수사에 착수하면서 가해자에게 최후통첩을 했다. 제 발로 들어오든가, 아니면 연루된 친인척까지 모조리 공범으로 처벌을 감수하든가 양자택일을 하라고 몰아붙였다. 증거에 쫓겨, 막다른 골목에 다다른 친인척을 외면할 수 없던 가해자가 제 발로 들어왔다. 친인척은 자기가 시켜서 한 일이니 풀어주고 자기가 전적으로 책임을 지겠다고 꼬리를 바짝 내렸다. 가해자만 구속기소를 하는 선에서 사건이 마무리되었다. 당사자 간에 합의가 이루어지고 피해가 회복되었다. 피해자는 하늘에서 자신의 친정아버지가 파견한 천사라고 나를 치켜세우며 호들갑을 떨었다.

사건을 치를 때마다 사안에 따라 피해자와 가해자의 다른 시각 사이에서 나는 독사와 천사역을 번갈아 수행해야 했다. 상대성 있는 사건을 다루는 수사관의 운명이었다. 어쩌면 나는 그 별명을 씻어내려고, 가해자들한테 악명을 떨친 수사관의 신분을 세탁하기 위해 시인의 작위를 빌려 쓰고 있는지도 모른다. 수사관을 그만둔 지 20년, 문인으로 전향해 글을 써온 지 10년. 이제 더는 나를 독사로 기억하는 사람이 없으리라.

나는 세 개의 별명 중에서 후기인상파를 좋아한다. 종훈이 형이 붙여준 것이라서 그렇고, 그가 없는 지금 그를 추억하는 연결고리가 되어주기 때문이다.

인기척이 그리운 집

그 집은 우리 문중의 오래된 역사다. 종원들은 그녀를 기와집 왕할매라고 불렀다. 70년대 초가밖에 없던 시골에 등장한 양옥을 가미한 아흔아홉 칸 기와집은 요새 같았다. 친척이나 관계자가 아니면 쉬이 들어갈 수 없는 난공불락이었다.

우리 집안의 종손인 그녀의 남자, 종조부는 일제 강점기에 징용으로 끌려가 소식이 끊기고 말았다. 해방이 되어도 끝내 돌아오지 않자 죽은 줄로 알고 제사까지 모셨다. 그런데 행불된 종조부가 몇십 년 만에 돌아왔다. 그것도 떼어낼 수 없는 현지처를 대동했다. 그가 위험에 빠졌을 때 구해준 망명국 은인의 딸이었다. 그는 영구 귀국한 것이 아니라 잠시 다니러 온 거였다. 살아는 있노라고, 알려나 주려고 말이다. 동해를 통해 밀물처럼 돌아왔던 그는 일본해를 통해 썰물처럼 돌아갔다. 그가 빠져나간 뒤 왕할매의 기와집은 불이 다시 꺼지고 어둠한테 점령당했다.

그가 아흔아홉 칸 기와집에 체류하는 동안 그녀의 본채에서 잤다는 말이 떠도는가 하면, 동행한 타국 배우자의 별채에서 지내다 갔다는 말도 돌았다. 잠자리의 진실은 아픈 비밀이라서 차마 묻지도, 알려고도 하지 않았다. 명색이 부잣집 종가의 맏며느리지만 우리 문중의 누구도 종조모를 부러워하지 않았다. 누구도 그녀가 행복하다고 여기지 않았다. 그녀는 욕망을 등진 돌부처처럼, 손만 대도 부서질 것 같은 화석으로 살았다.

종조모에게 아흔아홉 칸 기와집은 자신의 청춘이 고스란히 매장된 봉분이다.

그 집은 그녀가 지은 것이 아니다. 생사불명의 종조부를 기다리며 수절한 열녀에게 바치는 종가의 보은품이다. 돌아오지 않아서 끝난 줄로 알았던 종조부의 출현으로, 그녀는 구습에 따라 열녀로 복역해야 했다. 그녀와 청춘 사이에는 종조부가 장애물로 놓여 있었다. 그의 일시 귀국은 여자로서 종조모의 앞길을 가로막았다. 그녀는 팔자를 고칠 수도 있는 기회마저 박탈당한 것이다. 종조부는 현실에선 부재중이지만 문서로서는 무시할 수 없는 존재였다. 타국에서 다른 여자의 남자로 살고 있지만, 모국의 호적부에는 그녀의 호주로 버티고 있다. 자신의 의지와 무관하게, 그녀는 문중에서 일부종사의 작위를 지켜야 했다.

반백 년 묵은 기와집은 갈라진 벽틈으로 종조모의 찢어진 가슴을 폭로하고 있다. 집안의 종부라는 배에 승선한 그녀의 생애는 고독한 항해였다. 남자가 징용이라는 뗏목을 타고 다른 여자의 배로 갈아타는 바람에, 그녀는 홀로 자신의 배를 끌고 청춘을 넘어와야 했다. 그녀는 자기 안에 여자와 종부라는 두 개의 자아를 소유하고 있었다. 하지만 문중 사람들은 종부만 보려고 했을 뿐 그녀 안의 여자는 못 본 체했다.

종조부와 종조모 사이에는 징용을 떠나기 전 유일한 사랑의 흔적인 외동딸이 있었다. 종조모가 숙환으로 몸져눕자 마지막으로 남은 홀어머니의 몇 해를 위해, 도회지에 나가 살던 딸이 내려왔다. 딸은 어머니의 어눌해진 말과 느려터진 행동을 모두 자신의 눈과 귀로 복사했다. 마침내 어머니가 길고 긴 항해를 마치고 이생에서 하직했다. 새로 그 집의 선주가 된 딸도 얼마 안 지나 항로를 잃은 듯 병실에 누워 지냈다. 평생 혼자 살아온 어머니를 보낸 뒤 딸의 병세도 악화된 것이다.

아흔아홉 칸 기와집 담장과 장독대에 꽃이 피었다. 기와집의 제복처럼, 계절마다 집은 새로운 꽃으로 갈아입곤 했다. 종조모가 호미로 재봉해둔 꽃들처럼, 그녀가 떠난 뒤에도 집안 공터마다 꽃들이 자리를 잡았다. 저승에 도착했다는 자신의 소식을 이승에 알리려는 엽서처럼 마당의 사서

함에 도착한 거였다. 어머니가 발송한 꽃을 두어 번 받아본 딸, 이생의 소식을 인편으로 전하고 싶었는지, 저승에서마저 혼자 지내는 어머니가 걸렸는지, 몇 해 만에 어머니의 길을 따라나섰다.

딸과 단둘이 지내던 집은 둘이 차례로 떠난 뒤 혼자 방치된 채로 몇 해를 더 보냈다.

그렇게…… 한 집안의 몰락을 지켜본 집은 마을의 빈 무대가 되었다. 주인을 잃고 대문이 굳게 얼어붙어 있던 집에 손님이 봄처럼 찾아왔다. 종조모와 그녀의 딸이 떠나자 빈칸처럼 비어 있던 집을 인기척으로 채울 새로운 임자가 나타난 것이다.

우리들의 이정표

성규는 나보다 5년 연상이다. 군에서 전역한 그가 삼수를 할 때, 나는 갓 졸업하고 재수와 입대 사이에서 고민하던 더벅머리였다. 나이 차를 뛰어넘고 나는 그와 예비 수험생으로 교유했다. 그가 사는 건넛마을 뒷산 기슭에 그의 집이 자리를 잡고 있었다. 쓰러지기 직전의 초가삼간이다. 그의 집 가세도 우리 집 못지않게 기울 대로 기울어 살림이라고는 없는 것밖에 없었다.

그와 허물이 터진 나는 점심때면 그의 집에 들르곤 했다. 밥상은 고작 일석 삼찬이었다. 밥 그리고 찬물과 고추, 된장이 전부였다. 하지만 그는 괘념치 않았고, 나도 덩달아 맛있게 먹었다. 그때 우리는 경쟁적으로 가난했지만 누구 앞에서도 당당했다. 서로 가진 꿈만큼은 꿀리지 않았기 때문이다. 가난은 부모들의 문제일 뿐, 우리들 자신과는 무관한 것이라고 여겼다. 가난 때문에 우리가 기죽을 이유는 하나도 없는 것이라고.

고민 끝에 나는 조기 입대를 택했고, 그는 삼수생으로 남아 대입에 재도전하면서 우리는 각자의 길로 떠났다.

30년을 훌쩍 뛰어넘어 다시 성규와 만났다. 나는 수사관이 되었고 한편으로 시를 공부하고 있었는데, 그는 그 나름의 어려운 단계를 밟아 전문직에 종사하는 한편 대학에서 보직 교수로 자리 잡고 있었다.

나는 만나자마자 들뜬 마음으로 옛날이야기 한 토막을 꺼냈다. 고추와 된장에 물 말아 먹던 점심을 추억으로 끄집어낸 것이다. '추억'이라는 묵혀둔 와인을 반가운 그와 대작하고 싶은 마음이었다. 그런데 웬걸, 그의 반응이 영 신통치 않았다. 나는 흥에 겨워 이야기를 꺼낸 것인데, 그는 불편한 기색을 보였다. 그는 얼굴에 쓴웃음을 차광막으로 치면서 화제를 돌리려고 했다. 그에게는 그리운 장면이 아니었던 것이다. 불쾌한 기억이었을 뿐 다시는 꺼내고 싶지 않은 나쁜 성적표처럼, 그는 고개를 절레절레 흔들었다.

나는 실수한 사람처럼 머쓱해졌다. 그와 동향인 자체가 마치 과오라도 되는 모양새가 되었다. 향수를 불러일으키려는 내 시도를 그는 완곡하게 비틀었다. 그는 출세한 전문직의 모습으로만 보이려고 애썼다. 비 오는 날 우산을 갖고 달려온 허름한 차림의 어머니를 모른 체하던 어린 날처럼, 그는 궁핍했던 고향을 애써 외면하려고 했다. 그때 그 시절을 향해서는 오줌도 싸기 싫다고 투덜거렸다. 거기서 나고 자란 것을 숨기고 싶어 하는 태도를 여실히 드러냈다.

성규는 타향에서 오래 지내며 객지의 전문직에 맞게 자신을 특화시켰다. 그에게 고향은 이제 제삼의 장소이다. 그한테서 향수를 불러일으키는 일은 가망이 없어 보였다. 고향은 그에게 어떤 악의도 품고 있지 않은데 그는 고향을 멀리하려고 했다. 고향을 꺼내는 나까지 멈칫하게 했다.

성규를 만나고 온 뒤, 언젠가 대중 매체의 지면에서 그의 인터뷰 장면을 접했다. 유명 인사들이 자신의 성공담을 회고할 때 써먹곤 하는 고향에 대한 언급이 그에게는 없었다. 그 후로 나는 그와 만나자고 연락을 하는 것이 꺼려졌다. 내가 그를 만나서 나눌 것이라곤 향수가 전부인데, 내가 그 앞에서 소환하게 될 향수가 그에게는 고통을 야기한다니. 더는 추억의 공간으로 그를 불러낼 여지가 없지 않은가.

내가 품고 있는 고향과 그가 버린 고향 사이에는 커다란 차이가 있다. 나는 가난을 누렸던 곳이라서 그리운데, 그는 가난한테 억압받은 곳이라서 싫었나 보다. 글 쓰는 나에게 가난한 고향은 서사를 캐내는 금광 같은 곳인데, 사회적으로 잘나가는 그에게 가난한 고향은 보기 싫은 흉터였나 보다. 성규가 그의 마음에서까지 고향을 지움으로써 나 또한 그에 대해 그동안 품고 있던 존경을 지웠다. 호감이 비호감으로 바뀐 것이다.

*

고향이 우리에게 주는 메시지는 단순하다. 삶의 힘든 순간에 자기를 떠올려 써먹으라는 것이다. 하지만 그는 고향이 거저 주려는 향수를 자기 것으로 활용하지 못하고 있다. 어머니 곁을 떠난 사람은 누구나 혼자가 되지만, 고향이 가슴에 남아 있어서 그는 혼자가 아니다. 이따금 자기 자신에게 돌아갈 수 있는 길은 향수에 달려 있다. 고향을 자기 마음에서 지우고 사는 사람은 그만큼 자기 자신에게 돌아가기가 쉽지 않다. 고향은 자기 자신에게 돌아갈 수 있도록 도와주는 이정표이다.

우리는 때를 놓쳤다

Y의 가족이 방문하였다.

—엄마는 '루게릭병'으로 집에서 요양 중입니다.

—의식은 완전히 멀쩡하고요.

—식구들이 집안의 물건이나 문서를 찾지 못하면 엄마가 알려줘 찾는 일이 잦을 정도로 생각은 건강합니다.

—하지만 휴대폰에 문자 한 줄 넣을 수 없을 만큼 혼자서는 할 수 있는 게 없답니다.

—간병인이 12시간 방문해서 돌보고 있어요.

—근육이 점점 굳어가는 바람에 대화도 어렵고요.

가족이 전하는 Y의 근황이다.

키가 크고 남다른 미모의 Y는 요리를 잘했다. Y에게 얻어먹은 매운탕 같은 토속 요리는 맛이 끝내주었다. 하지만 다시는 돌아갈 수 없는 일이 되었다.

등기 때문에 Y의 집을 방문하여 '확인서면'에 서명날인을 받아오고, 짧은 문자를 두어 번 주고받은 게 불과 1년 전이다. 그 사이에 Y의 병세가 급속도로 악화한 모양이다. 문헌을 검색해보니, 루게릭병이라는 게 발병 후 수년 만에 치명적인 결과를 맞이한다고 기록되어 있다.

Y의 가족에게, 엄마가 책을 읽을 수 있느냐, 고 물었다. 혼자서는 읽을 수 없지만 옆에서 읽어주면 들을 수는 있다고 한다. 산문집에 서명하여 건네주었다. 엄마가 무척 좋아할 것이라고 Y의 가족이 대신 반긴다. 출간 소식을 알았다면 몇 권이고 사들여서 주변에 돌렸을 Y는 나의 오래된 팬(?)이다.

Y는, 그녀 밖을 맴돌던 자신의 모든 걸 자기 안으로 불러들이고 있다. 말은 잃어버린 채 침묵으로 자신의 삶을 요약 중이다. 책임이라고는 없는 이유로 자신의 무대에서 물러나 병病속에 자기를 가두었다. 예전의 무대로 Y를 초대하려고 해도 소용없는 일이 되었다. Y도, 우리도 때를 놓친 것이다.

Y는 예의 아름답던 중년의 모습을 상실했다. 그것을 운명의 탓으로 돌리려 하지만 어쩌면 거기에는 Y를 알고 있던 우리들의 잘못도 끼어 있는지 모른다. 어느 날 Y가 이 세계에서 멀어진다면 Y의 친절을 기억하는 우리들은 Y의 부재 앞에서 울 수밖에는 없을 것이다.

내가 아는 한 Y는 상대가 누구든 친절했다. Y는 우리가 기대하지도 못했던 상냥한 세계를 우리들에게 거리낌 없이 선사했다. 그동안 우리가 가질 수 있는 몫보다 조금이라도 더 행복했다면 그것은 Y의 역할 때문이었음을 우리는 알고 있다. 엄마로서, 이웃으로서, 누이로서 그녀라는 영역은 어쩌면 우리들의 세계에서 가장 큰 부분을 차지했는지 모른다. 나는 Y가 아파 쓰러진 날에 비로소 돌부리에 차인 듯, 그녀의 가치를 알아차리게 된 것이다.

2부

———

법과 문학 사이에서

법과 문학의 거리

나는 일선의 수사관으로 십수 년을 보내다가 문학에 대한 갈증으로 중도 퇴직하여 재야의 법무사로 20년째 일하고 있다. 법전의 힘을 빌려 범인을 쫓던 수사관에서, 사전의 힘을 빌려 은유를 좇는 시인으로 어느 날 전향했다. 나는 해가 뜨면 농어민과 소상공인을 만나 법률조력자로 일하지만, 해가 지면 골방에서 책을 읽고 글을 쓰는 문인으로 돌아간다. 법전과 사전의 틈바구니에서 내가 한 일은 법과 문학의 거리를 조율하는 거였다. 지난 20년 두 직역을 오가며 그 거리를 좁히는 문제에 천착해왔다고 해도 과언이 아니다.

과연 법과 문학의 거리는 가까운가? 법과 문학의 거리는 멀고도 멀다. 법조인과 문인은 서로 어울리는 직역인가? 법조인과 문인은 썩 어울리지 않는다. 우리의 보편적인 정서에 따르면 일견 맞는 논리 같다. 그런데 수사관을 거친 법무사로 시인을 겸하고 있는 내 경험에 비추어 보면 법과 문학은 가깝지도 않지만 그리 멀지도 않다. 아니 때로는 가깝

기도 하고 멀기도 하다.

문학의 쓸모

문학은 나에게 무엇을 주었는가? 여러 가지 중 하나를 꼽으라면 사유를 불러오는 힘이다.

독일의 철학자 한나 아렌트는 독일의 나치스 친위대 장교였던 아돌프 아이히만이 전범으로 체포되자 재판을 참관했고 책을 냈다. 이때 제시한 개념이 '악의 평범성'이다. 자신의 저서 《예루살렘의 아이히만》에서 그녀는 홀로코스트와 같은 역사 속 악행은 광신자나 반사회성 인격 장애자들이 행하는 것은 아니라고 하였다. 오히려, 국가에 순응하며 자신들의 행동을 보통이라 여기는 평범한 사람들에 의해서 행해진다고 하였다. 다시 말해, 악은 악에서 나온다기보다 평범한 사람의 무사유에서 나온다는 것이다.

아이히만이 체포되었을 당시 사람들은 그가 포악한 성정을 가진 악인일 것이라고 추측했다. 그러나 반대로 지극히 평범하고 가정적인 사람이라는 것에 충격을 받았다. 아이히만의 정신을 검진한 의료진 역시 그가 정상이어서 오히려 자신들이 이상해진 것 같다고 말할 정도였다. 재판에서 아이히만은 임무를 수행하는 과정에서 죄책감을 느끼지 못했고, 오히려 월급을 받고 일을 제대로 못 하면 양심의 가

책을 느꼈을 것이라고 진술했다. 그는 내적인 갈등, 다시 말해 사유 없이 독일 공직자로서 관료주의의 효율을 위해 기술적으로 임무를 수행했을 뿐이라는 것이 한나 아렌트의 분석이었다.

내가 한때 소속되어 수사관으로 일했던 조직에서는, 검사동일체 원칙에 기반을 둔 상명하복이 엄존했다. 수사 과정에서 상관의 지시에 옳고 그름을 따지지 않고 무조건 따르기 시작하면 어떤 수사관이라도 어렵지 않게 '악의 평범성'에 빠질 수 있다. 나 역시 그 조직의 일원으로 일하는 내내 악의 평범성에 노출되어 있었다. 아니, 벌써 나한테 내사를 당하거나 조사를 받던 사건 당사자들에게는 아이히만처럼 군림했는지 모른다. 그들 중 누군가는 나를 아예 아이히만 중 하나로 기억하고 있는지도 모른다.

맹목적으로 일과 사건에 오염되면 충성이라는 지병에 걸리고 실적과 성과를 잃게 된다. 그저 법과 명령에 따라 충실했을 뿐이라고 자기변명이나 늘어놓을 만큼 분별력이 결여된 나를 '아이히만의 함정'에서 구해 준 것은 문학이 견인한 사유였다. 관료주의에 입각한 충정이나 관성적 일중독을 제어하며 돌아보게 하는 힘, 사유의 필요성을 환기하는 역할을 문학이 자임한 것이다. 나는 사건을 맡아 처리할 때면 간간이 스스로에게 자문하곤 하였는데, 그 정도는 문학과 좁혀진 거리만큼 비례했다. 나는 왜, 이 일을 하는가? 나는 왜, 이 사건을 하는가? 그러니까 문학은 내 지근거리에서 정서적 '후견인' 역할을 한 거였다

법률 종사자에게 문학은 쓸모 있는 장르인가?

명판결도 조정만은 못하다, 는 격언이 있다. 판결은 재판을 통하여 옳고 그름을 판단하고 일방 당사자에게 승소와 패소를 안겨주는 방식이다. 분쟁을 법적인 다툼으로 끝내 버리는 절차인 것이다. 반면 조정調停은 다툼이라는 재판에 의탁하지 않는다. 제삼자의 중재를 통해 당사자 간 화해에 이르는 분쟁 해결 방식이다. 나는 수사관으로 일하는 동안 형사 사건의 합의나 조정에 참여한 경험이 있고, 법무사로 일할 때는 법원의 조정위원으로서 조정에 참여한 경력을 가지고 있다. 합의나 조정에서 성공한 사례와 실패한 사례를 들어 법조인으로서 문학의 쓸모에 대해 고찰해 보고자 한다.

울분의 강을 건너

창이는 내 죽마고우다. 수도권에 살고 있다. 창이 아내의 요청으로 장시간 전화 상담을 했다. 폭력 사건의 피해자인 그녀는 힘들어 한다. 임대차계약 갱신과 해지 사이에서

일어난 분쟁이다. 임대차 3법이 갖고 있는 부작용으로 보인다. 임대인과 임차인이 서로 가해자요, 피해자라고 주장하면서 쌍방이 피해자 겸 가해자로 피소되었다. 경찰의 지지부진한 수사와 검찰의 뜨뜻미지근한 처분 지체에 그녀는 잔뜩 골이 나 있다. 현장의 목격자는 가해자 일행뿐이고, 그녀의 주장을 뒷받침할 증거라고는 그녀 자신뿐이다. 자신을 대변할 건 진실 그 자체인 것이다.

사실, 수사와 재판은 우리가 기대하는 진실의 세계와는 거리가 멀다, 고 창이에게 미리 귀띔해 줬는데, 그의 아내에게는 전달이 제대로 안 된 것 같다. 거기다 수사권 조정의 여파로 사법 시스템이 일대 혼란을 겪고 있는 점도, 그녀에게는 불리한 요소로 작용하고 있다. 그녀의 고백에 따르자면, 이미 창이 부부의 심신의 건강은 붕괴된 상태이다. 다른 병증으로 투병하다가 겨우 회복한 창이는 불면증에 시달리고, 그녀는 공황장애를 겪고 있다고 토로한다. 다 그놈 때문이다. 그놈에 대한 울분이 화를 키웠고, 그 화가 몸과 마음에 나쁘게 작용하였다. 나는 그녀에게 사건의 진실은 차치하고, 우선은 분쟁의 와중에 무너진 가정의 평화를 재건하는 게 급선무이니 합의의 결단을 내리라고 조언했다. 그녀의 표현대로라면 상대방은 '개또라이'다. 그녀가 인격을 가진 사람이라면 상대방은 비인격체로 추정된다. 길 가다가 발길에 툭 걸리는 돌멩이처럼 말이다. 돌과 싸우면 사람이 다친다. 돌을 깨우친다는 것도 사람으로선 못 할 일이다.

그녀는 순도 100%의 진실에 도달하기를 고대한다. 하지만 현장을 직접 체험하지 못한 검경과 법원이 당사자들의 일방적인 주장과 그들이 제시하는 제한된 증거만으로 절대적인 진실을 캐낼 가능성은 50%를 웃도는 정도에 그친다. 우리가 사법 시스템에서 얻을 수 있는 기댓값이다. 사건의 이해관계인이 품고 있는 기대치 100%와 실제 도달이 가능한 50% 사이에 그녀가 서 있다. 그놈에 대한 기대와 그놈을 향한 울분을 버리라고 여러 사례를 들어 조언했다. 그놈을 위해서도, 그놈이 두려워서도 아니다. 오로지 그녀 자신을 위해서 말이다.

나는 20년 동안 사건과 조정 현장에서 잔뼈가 굵었다. 합의를 하는 것은 우선 자신에게 좋은 일이다. 법조계의 일원으로서 일관된 내 신념이다. 울분의 강을 건너, 합의의 바다에 도달해 보라. 굽이치던 불면의 밤은 사라지고, 평화의 돛단배가 용서한 자신을 기다릴 것이다. 나는 수많은 조정 현장에서 얻은 경험칙을 그녀에게 소상히 전했다.

하루 지나, 다시 그녀한테서 전화가 왔다. 조정 절차에 참여해서 가까스로 합의를 봤다고 한다. 전날 나와의 통화가 자신의 생각을 정리하는 데 큰 도움이 되었다고 고백한다. '백번 잘하셨어요' 나는 그녀에게 축하와 지지의 말을 아끼지 않았다. 합의로 인한 아쉬운 부분은, 나중에 하느님이 뜻하는 방식으로 꼭 돌려주실 것이라고, 위로 문자를 추가로 보냈다. 곧바로 그녀한테 답신이 왔다. "부족하고 아쉬운 것은 없어요" 다만, 전쟁 같은 사건에서 자기와 가족을 살려내려고 스스로 결단한 것이라고, 합의를 도출한 자신의 행보에 만족한 듯하다. 용서는 그놈을 위해 쓰는 자비가 아니다. 자신의 평화를 지키기 위해서 최후에 꺼내 쓰는 보검이다. 그녀는 오랜만에 발 뻗고 단잠을 이룰 것이다.

그녀와의 상담에서 내가 동원한 문학의 비유가 힘을 발휘했다. 다시 말해 직유와 은유를 활용한 수사법이 작동한 것이다.

근심을 위한 투자

사과나 용서는 다른 날로 미루면 손해다. 시간이 지체되는 만큼 후회라는 연체이자가 눈덩이처럼 불어난다. 의형제처럼 지내는 후배의 계수씨가 찾아왔다. 한동안 소원하더니 얼굴이 수척해 보인다. 근심을 털어놓는데 그녀의 얼굴을 상하게 한 주범은 역시나 돈이다.

고객과 계산상의 다툼으로 금전적 합의를 해야 하는 상황에 직면했다. 먼저 적정한 금액이라고 제시했는데 상대방이 더 많은 금액을 역으로 요구했다. 더 이상 양보하는 것이

상대방에게 당하는 것 같아 그녀는 합의를 미루고 버텼다. 둘 사이에 팽팽하게 진행되던 조정은 결렬되고, 다시 지루한 공세로 전환되었다. 상대방은 발끈하며 그녀의 직장 앞에 현수막까지 걸면서 깽판을 부렸다. 그녀는 심한 스트레스로 마음의 병을 얻었고 뇌경색까지 앓는 지경에 이르렀다. 참다못해 해답을 찾고자 내 사무소를 방문한 것이다. 자초지종을 늘어놓는 그녀에게 단도직입적으로 한마디 툭 던진다. 왜, 합의금을 뺏기는 돈이라고 생각하세요? 투자금이라고 생각하면 안 되나요? 그녀가 반문하는 표정을 보인다. '뭔 소리지?' '왜, 합의금을 투자금이라고 그러지?'

　분쟁의 당사자에게 사건은 전쟁이다. 사건에 연루되면 당사자는 물론 가족과 동료, 지인까지 연쇄적으로 평온한 일상이 깨진다. 합의는 사건이라는 전쟁을 종식시키고 무너진 평화를 재건하는 공사 같다고 할까. 조정은 다툼을 끝내고 원만히 화해하여 서로의 일상으로 돌아가려는 일종의 무형적 사업이다. 즉, 합의금은 서로의 평화를 일구기 위해 소요되는 투자금이다. 오늘의 앙금을 접고 내일을 향해 투자하는 것이다. 내 평화를 얻자는데 내 돈을 더 들이면 어떤가. 어차피 나를 위해 투자하는 것인데 말이다.

　내 부연 설명을 듣고는 그녀의 눈이 반짝 빛난다. 뭔가 해답을 찾았다는 표정이다. 그녀는 돌아간 지 일주일여 만에 후일담을 보내왔다. 나를 만나고 돌아가 결단을 내렸고 합의에 이르렀다는 것이다. 그날 이후 깨진 일상이 회복되고 불면증도 사라졌다고 고백한다. 근심을 위한 투자의 제언에 감사하다고.

이때에도 나는 그녀와의 상담에서 문학의 비유법을 동원했다. 역시나 직유나 은유를 활용한 수사법이 작동한 것이다.

법리적인 접근의 한계

한 집안의 다섯 형제가 모두 연루된 사건이다. 그들 선친의 상속재산 관련 보상금을 둘러싼 분쟁이다. 맏이가 피고소인이고 나머지 형제는 고소인과 참고인이다. 고소인들 중 주동자는 중소기업 간부 출신 아우다. 혈족 간 분쟁이라 합의만 된다면 수사가 종결되는 '친족상도례' 사안이다. 친족상도례란, 8촌 이내 혈족이나 4촌 이내 인척·배우자 간에 발생한 절도죄·사기죄·횡령죄 등 재산범죄에 대해 형을 면제하거나 피해자의 고소가 있어야 공소를 제기할 수 있다는 형법상의 특례 조항이다. 형제끼리 분쟁은 수사관들이 기피하는 사건 중 하나이다. 잘 해봐야 본전이고 어느 한쪽을 처벌한다고 해도 골육상쟁이라서 공적인 보람도 없기 때문이다.

나는 객기와 오기를 부리는 형제를 각개격파 식으로 설득해서 어렵게 합의를 도출해낸다. 주임검사는 고소인들의 취하에 따라 '공소권 없음'으로 불기소처분을 한다. 서로 딴마음을 품고 변심하기 전에 일사천리로 진행한 것이다.

그 사건을 마치고 나는 다른 청으로 근무지를 옮긴다. 그로부터 몇 달 후, 그 사건의 고소인 중 하나가 수소문해서 나에게 전화를 한다. 중소기업 간부 출신의 그는 다짜고짜 씩씩거리면서 고소 취하를 철회하겠다는 거다. 그는 형제들 중 상대적으로 살림이 더 나은 편이었는데 끝까지 유별나게 군다. 나는 이미 처분된 사건이라 철회나 번복은 안 된다고 설명을 해 준다. 그러자 그는 합의를 주선했던 나를 방송국에 제보한다고 으름장을 놓는다. 집안의 무너진 화목을 개건해 주려던 내 합의 시도 자체가 부당한 행위라는 궤변을 늘어놓는다. 나는 그에게 고소를 하던 진정을 하든, 어디 마음대로 해볼 테면 해보라고 한다. 그의 식언에 화가 난 내가 정면으로 응수한 것이다.

고소 사건의 조사가 진행되는 동안, 도시로 진출해 비교적 출세한 형제들이 보상금에 매달려 지질하게 구는 것과 달리, 선친의 대를 이어 고향에 남아 농사를 짓던 한 형제만은 불효막심한 자신들의 처지를 한탄했다. 그는 다른 형제들을 만류하다가 여의치 않자 극약이라도 먹고 죽어버리겠다고 울먹였다. 심지어 형제간에 이게 뭔 짓이냐고 울부짖기까지 했다. 다른 형제들이 서로 삿대질하며 욕설을 퍼붓고 으르렁거리는데, 그 사람 혼자 어미 잃은 양처럼 울었다. 내 눈에는 그 형제만 사람으로 보였다. 완고하게 돈을 물고 늘어지는 나머지 혈족은 밥그릇을 차지하려고 싸우는 맹수처럼 보였다.

수사관의 전형적인 방식으로, 다시 말해 실무적으로 접근하고 법리적으로 설득한 그 사건의 합의는 결국 실패로 돌아갔다. 법리적으로 접근한 방법이 한동안 실무적으로는 통했다. 하지만 사건 당사자들의 마음을 움직이는 데는 실패한 것이다. 이 합의 절차에서 문학은 동원되지 않았다. 당연히 비유는 눈을 씻고 봐도 없다.

건강한 이별

가해자와 피해자가 서로 총부리를 겨누는 전쟁 같은 법적 분쟁에서 합의는 지난한 일이다. 검사도, 판사도, 수사관도 섣불리 시도할 수 없다. 수사관이나 법무사의 전형적인 방식으로 분쟁에 뛰어들어 어쭙잖게 개입하려고 들면, 끼어든 제삼자도 다치고, 사건 당사자들도 더 다치게 할 수 있다. 명색이 시인으로서 시와 산문을 써온 나는 다른 방식으로 타자들의 전쟁에 뛰어들어 합의를 도출해낸다. 시인의 병참기지에는 상상력과 비유라는 비밀병기가 저장되어 있다. 시인으로서 상상력과 비유를 수사법으로 휴대하고 조정에 참전하여 합의라는 종전을 이끌어낸 것이다.

자신의 언어가 빈약하면, 표현도 빈약하고 사고와 감정도 충분히 드러낼 수 없다. 언어의 질과 양이 사고와 마음 자세까지 결정한다. 어휘와 비유가 부족한 사람은 사고와 마음가짐도 어휘와 비유를 갖춘 사람보다 상대적으로 거칠 수밖에 없다. 어떤 진실이 100%일 때 어휘와 표현력이 50%에 그친다면, 결국에는 진실의 절반만 드러낼 수 있다.

시인의 창고에서 보급된 상상력과 비유법의 무기는 가해자와 피해자가 무장하고 있던 고정관념을 일거에 해제시킨다. 수사의 전선에 놓인 이해관계인들은 시인의 수사修辭에 환기되면서 신선한 충격을 받는다. 자신들의 적이 자신들 내부에 있음을 깨닫는 계기에 도달하는 것이다. 비로소 그들은 스스로에게 백기를 들게 된다. 참신한 비유는 완고하게 닫힌 방어벽도 무너뜨리는 힘을 갖고 있다. 사랑이 회복할 수 없을 만큼 고장 나 이혼 절차에 돌입한 부부에게 법률용어인 '혼인 파탄' 대신, 시인의 말인 '건강한 이별'을 권할 때 당사자들은 서로 상처를 입히고 마는 전쟁 같은 재판보다는, 원만하게 수습하기 위한 조정에 합류한다. 나는 문학에 눈을 뜨면서 사건 현장에서도 비유를 수사법搜査法의 일환으로 활용할 수 있게 되었다. 그로써 내 문학은 현장에서 성장하며 효험을 보고 있다. 내가 맡은 사건의 일선에서 도구와 무기로 빛을 보며 법과 문학이 상승작용하고 있는 것이다.

창과 방패

수사관을 거쳐 시인이 된 내 눈에 시인과 수사관은 적지 않은 공통 분모가 보인다. 시인과 수사관은 돋보기와 망원경의 눈을 장착하고 있다. 사건과 사물을 보는 눈이 예리한 것이다. 두 직역은 공히 사회의 이면과 세상의 그늘을 뒤져 의미를 찾아내는 작업을 수행한다. 사회의 이면과 세상의 그늘이라는 무대 위에는 약자와 강자 간의 분쟁이라는 서사가 있다. 여기에서 사건 기록은 대본이다. 그 희비극을 문학적으로 해석하는 직역이 시인이고 작가이다. 그 희비극을 법적으로 해석하는 직역이 수사관과 법무사이다. 두 직역은 사물, 사건, 사람을 관찰하여 그것들을 재조명하고 재해석한 것들을 세상을 향해 공포한다. 수사관은 그 결과를 조서와 공소장으로 내놓고, 시인은 그 성과를 시와 산문으로 내놓는다. 내게 있어서 수사관과 시인은 크게 다르지 않다. 우리가 종래 품고 있는 고정관념이 사주하여 수사관의 법과 시인의 문학이 길항해 왔을 뿐이다.

진정한 법은-좁혀 말하면 수사와 재판은-인간에 대한 심오한 이해에 관점을 두고 있다는 점에서 문학과 깊이 닿아 있다. 법과 문학은 밑바닥 현실을 담아내고 진실을 캐내는 점에서 서로를 닮아 있고 풍부하게 기여할 수 있다. 수사와 재판은 약자의 방패가 아니라 강자의 창으로 전락하였다. 법과 정의의 여신 아스트라이어Astraea가 실종된 것이다. 유전무죄와 무전유죄가 판치는 현실 앞에서 법조인은 고뇌하고 갈등한다. 수사(혹은 재판)와 사건 당사자들 사이에 깊게 패인 불신의 벽을 메울 방법은 없을까? 나는, 법과 문학의 만남이 여러 대안 중 하나라고 믿는다.

오래된 고백

내가 수사관 출신, 현직 법무사로서 처음 시인이 되었을 때 우려스러웠다. 수사관의 길과 시인의 길은 완전히 상반된 세계라는 고정관념 때문이었다. 수사관은 감정을 배제한 냉정한 법률이 지배하는 세계이고, 반면에 문학은 무모하고 비이성적인 것도 용납하는 감정의 세계로만 본 것이다.

그런데 수사관과 법무사로 오래 일을 하면서 생각이 바뀌었다. 수사와 재판의 일을 제대로 하려면 그 범죄와 사건의 당사자인 인간 자체를 깊이 이해해야 한다. 궁극적으로 문학의 진수인 휴머니즘 문제와 법의 일이 상통한다는 걸 알게 되었다.

내가 조정의 사례와 함께 꺼낸 비유법과 수사의 이야기는, 법과 문학의 거리를 느끼는 고정관념 앞에서 도발적인 질문일 수 있다. 법과 문학의 거리가 멀지 않다는 나의 강변은 수사관 출신의 편견일 수 있다. 만일 이 글이 마무리되어 가는 지금까지 법과 문학의 거리가 멀다고 느낀다면, 아직도 법과 문학의 거리가 한 치도 좁혀지지 않았다면, 법과 문학 사이의 거리를 조정해 보려는 내 시도는 실패한 것이다.

시효 이야기 1

시효란 일정한 사실 상태가 일정 기간 계속된 경우, 그 사실 상태가 진실한 권리관계에 합치하느냐 여부를 묻지 않고 법률상 일정한 효과를 부여하는 제도이다. 그 효과에는 권리의 소멸을 가져오는 '소멸시효'와 반대로 권리의 취득을 가져오는 '취득시효'가 있다. 이는 민사상 시효이다. 그런가 하면 형사적으로는 형의 시효와 공소시효가 있다. 여기서는 주로 민사상 채권의 소멸시효와 형사상 공소시효에 대해 살펴보고자 한다.

그렇다면 일정한 기간 동안 행사하지 않았다는 이유만으로 권리를 잃고 의무자의 의무를 면하게 하는 소멸시효 제도는 왜 있는가? 그 이유로는 사회질서의 안정과 분쟁 없이 오래 지속된 데 따라 입증 곤란 상태에 놓인 당사자를 구제하고, 권리 위에 잠자는 자는 보호받을 가치가 없다는 데 있다고 할 것이다.

A가 1억짜리 차용증을 소지하고 방문하였다. 변제에 전혀 성의를 보이지 않는 채무자의 행태를 더는 묵과할 수 없으니 본안 소송을 제기해달라는 의뢰다. 서류를 살펴본 나는 어안이 벙벙해졌다. 채권자가 너무 늦게 찾아왔다. 금전을 거래한 대여금 채권의 경우, 일반 채권으로서 민법상 그 시효는 10년으로 규정되어 있다. 그런데 10년이 지나서야 찾아온 것이다. 도대체 왜 지금까지 차용증을 가지고 게으름을 피우다가 이제야 찾아왔느냐고 반문했다. 그동안 금고 속에 꼭꼭 숨겨서 보관하고 있었다는 답변이다. 차용증만 가지고 있으면 언제라도 돈을 받을 수 있는 것으로 믿었다는 것이다. 차용증을 마치 돈다발처럼 무한정 사용할 수 있는 화폐마냥 여긴 것이 화근이다.

차분히 설명해 주자 시효의 개요를 전해 들은 채권자 A는 얼굴이 사색으로 바뀌었다. 어떻게 구제받을 방법이 없느냐고 발을 동동 구른다. 법적 비용은 얼마든지 댈 테니 소송을 제기해달라고 떼를 쓴다. 하지만 차용증에 걸려 있던 시효는 이미 만료되었고, 한 번 시효를 넘긴 권리는 후진이 안 되고, 유턴도 안 된다. 나라님조차 구해 주지 못하는 것이 소멸시효이다.

그가 소정의 권리자라면 하늘이 무너져도 기간을 챙겼어야 했다. 증서 하나하나는 집이다. 권리가 몸을 담고 있다. 그런데 권리에게는 임기가 있다. 그 임기를 법의 제국에서는 시효라고 칭한다. 임기가 만료되면 권리는 자리에서 무조건 내려오고 닥치고 물러나야 한다. 민사적인 권리는 기간만 충실히 관리하고 때에 맞추어 연장한다면 영구 집권도 가능하다. 어느 정도인고 하니 죽는 날까지 의무자에게 따라붙는다. 심지어 의무자가 죽으면 그 상속인들에게 옮아 붙어 따라간다. 그만큼 시효는 집요하다. 상속인들이 피상속인(의무자)과 단절을 감수하지 않으려면 권리의 습격을 피할 길이 없다. 상속인들은 권리자 앞에 복종하느냐 아니면 의무자와의 상속 관계를 포기하느냐 양자택일을 해야 한다.

시효는 권리자들이 자기를 보고 싶어 하도록 만든다. 그런데도 권리자가 기간을 업신여기면 시효는 권리의 이해관계인을 등져버린다. 일편단심과 초지일관을 미덕으로 삼는 당사자에게만 자비를 베푸는 시효는 침묵의 저격수이다. 말없이 기다리다가 때가 되면 잠자는 권리자를 저격해 쓰러뜨린다. 시효에 대한 경험이라곤 없는 장삼이사나 시효에 대해 가르쳐줄 사람 하나 없는 갑남을녀는 시효를 놓치기 일쑤이다. 그들은 액면에만 신경을 쓸 뿐 그 효력에는 둔한 경향을 보인다. 시효를 넘긴 차용증을 품에 안고 의무자를 찾아가 봐야 외면을 받기 마련이다. 법의 제국에서 시효를 넘긴 자에게 용서란 없다. 기간에서 돌아서면 끝이다. 법의 문을 두드리며 자비를 구하더라도 한 번 닫힌 시효의 문은 열리지 않는다. 시효는 권리의 죽음으로 일대의 사건이다. 기간을 넘기는 순간 그것은 권리자를 사슬로 묶고, 의무자에게는 날개를 달아준다.

시효 이야기 2

1억 원의 채무를 갚지 않고 버티던 채무자 A가 상속 재산을 은닉했다. 엄마인 채무자가 아들 B 앞으로 자신의 상속 지분을 통째로 넘겨준 것이다. 상속재산분할협의를 가장한 사실상의 재산 도피다. 채권자 C는 미리 확보해둔 판결문을 근거로 먼저 수익자인 아들을 상대로 더는 그 지분을 처분하지 못하도록 처분금지가처분신청을 단행했다. 채권자 C에 채무를 부담하고 있던 채무자가 자신의 상속 지분을 다른 상속자에게 넘겨주면 채권자는 강제 집행할 수 있는 권리를 원천적으로 박탈당한다. 그러므로 채권자 C의 입장에서 채무자 A의 행위는 '사해행위詐害行爲'이다. 그 상속 지분을 넘겨받은 아들 B는 채무자인 엄마와 공모자이다. 이제 모자母子 AB를 상대로 사해행위를 취소하라는 본안소송을 제기할 차례이다. 다시 말해 모자가 채무를 면하기 위해 재산 도피 목적으로 넘겨준 지분을 엄마에게 되돌려놓고 상속 재산을 원상회복하라는 소송을 벌이면 된다.

이러한 경우, 아들 B는 특별한 사정이 없으면 엄마 A의 상속 지분으로 이전받았던 등기를 말소해야 한다. 그렇게 되면 채권자 C는 엄마의 지분에 대해 강제집행을 시도할 수 있다. 그런데 채권자 C는 계속 뜸을 들이면서 본안소송의 결행을 미루었다. 하지만 언제까지 미룰 수 있는 게 아니다.

본안소송은 사해행위를 안 날로부터 1년 이내에 소송을 제기해야 한다. 그 기간을 '제척기간除斥期間'이라고 한다. 가처분신청 했을 때를 사해행위를 안 날로 기산하면 1년이 채 안 남은 상태였다. 그런데도 채권자는 소송의 번거로움을 피하고 소송비용을 절감하기 위해 채무자 측과 협상을 시도하면서 본안소송을 미루고 또 미루었다. 그러던 와중에 채권자가 갑자기 사고로 입원하며 연락이 두절되는 돌발 상황이 발생했다. 한 달여 지나 채권자가 퇴원 후 급하게 본안소송을 제기하면서 기일 계산에 착오가 생겼다. 결국 제척기간이 도과되었다고 걸고넘어지는 채무자에게 사해행위 취소소송을 지고 말았다.

권리는 아무리 오만하고 시건방져도 시효의 손아귀 안에 있다. 제아무리 방자하게 굴던 권리도 시효 앞에 서면 왜소해지고 만다. 시효가 만료되면 증서의 주인은 권리자가 아니다. 그 증서는 폐지의 다름 아니므로 고물상이 그것의 주인이 된다. 시효를 넘긴 증서를 누군가 가져오면 나는 그에게 한마디로 선언을 한다. '이 증서에는 꼭 있어야 할 시효가 사라졌소' 그러면 권리자는 그제야 무지의 잠에서 깨어나 가슴을 후려친다. 그는 숨이 막히는 태도로 변한다. 자신의 실수가 너무 뚜렷해서다.

시효를 넘긴 증서는 칼로 도려낸 듯 구덩이가 깊이 파여 있다. 권리가 머물던 자리는 빈자리이다. 구덩이에 고여 있던 시린 바람이 권리자의 가슴을 쿡쿡 찌른다. 권리가 떠나 부패한 증서는 죽은 시신처럼 노려본다. 이해관계인은 중얼거리지만, 귀신도 귀 기울이지 않는다. 설사 신이 강림한다고 해도 시효를 넘긴 자는 궁지에서 끌어내주지 못한다.

그가 이해관계인이라면 액면보다 기간을 신앙처럼 섬겨야 한다. 그런데 법의 문외한인 이해관계인들은 대개 액면만을 주인처럼 섬긴다. 권리는 기간이 있어야 했고, 법은 기간을 주었다. 기간은 권리자의 소홀로 증서에 뿌리를 내리지 못하면 머물던 자리를 떠나야 한다. 이해관계인의 과실로 증서는 죽은 몸이 된다. 자기가 모르고 한 것이지만 그를 곤경에서 구제해줄 사람이 법치 안에는 없다. 그는 잘 알아듣지도 못하면서 기간을 챙기라는 주의를 홀딱 삼켜버린 것이다. 시효가 끝날 때까지 액면만 곧이곧대로 믿었던 것이다.

금고의 불을 끄고 어둠 속에 묻혀 있어도 권리는 여전

히 반짝인다. 시효가 남아 있다면. 그것을 보관하고 있는 집이 무너진다고 해도 권리는 살아남는다. 시효가 남아 있다면. 그러나 시효가 만료되면 커다란 말썽을 일으키고 울분의 씨앗이 된다. 집안의 상속인 중 누군가 그것을 발견한다고 치자. 고인이 막 떠난 안방의 다락방이나 장롱에서. 그들은 증서를 읽어보는 순간 깜짝 놀라서 나에게 가지고 오곤한다. 그때 나는 그들에게 일침을 놓을 뿐이다. '이미 때는 늦었소' 그들이 그것을 책상 위에 펼쳐놓고 손바닥으로 쓰다듬고 어루만져도 소용없다. 그것이 더는 파닥거리지 않는다. 더는 내일을 향해 날지도 못한다. 시효가 끝났으므로.

시효 이야기 3

지인의 부인에게서 급히 만나자는 연락이 왔다. 아무도 모르게 말이다. 카페나 사무실로 오라고 했더니 굳이 자기 집에서 봐야 한다는 거였다. 혼자 있는 부녀자 집에 혼자서 찾아가기가 멋쩍기도 하여 완곡히 거절을 표명했다. 내가 머뭇거리는데도 부인은 한사코 상의할 게 있으니 꼭 혼자 집으로 와야 한다는 것이다. 지인은 오래전 대형 사건에 연루되어 수배 중이라 10년 가까이 연락이 끊어진 상태로 알고 있다. 참으로 난감했다.

영문을 모르지만 어쨌든 외면만 할 수 없는 처지라 일단 찾아는 가기로 했다. 조심스럽게 지인의 집을 방문했다. 현관문을 통해 거실로 들어가니 부인이 작은방으로 가자고 한다. 갈수록 태산이다. 불륜 드라마를 찍고 있는 듯하다. 그런데 아뿔싸! 그가 바로 거기에 있다. 10년 가까이 보지 못하고 있던 지인이 작은방에 웅크리고 있다. 갑작스러운 상봉에 나도, 그도 놀랐다. 다행히 지인의 얼굴은 비교적 밝은 표정이다. 10년 가까이 숨어서 지하 생활을 해왔을 텐데 말이다. 어찌 된 일이냐고 경위를 물었다. 지인은 드디어 시효가 만료되었다는 것이다. 10년이 넘어 자수하고 기소중지를 풀어 새 출발을 하려는데 절차를 알려달라는 거였다.

자초지종을 듣고서 사건의 개요를 확인한 후 시효를 정확히 계산해 보았다. 웬걸, 이를 어쩌나. 큰일 났다. 아직 시효가 남아 있다. 10년이 도달하려면 1년을 남겨놓고 있는데 10년을 넘긴 걸로 오산한 것이다. 시효의 개요에 대해 자세히 설명해 주자 지인과 배우자는 사색이 되었다. 몸 둘 바를 모른다. 내가 마치 불청객이 된 분위기다. 내가 시효를 막아놓고 있는 듯 괜히 겸연쩍어진다. 냉랭해진 분위기에 더는 머물 수 없어 서둘러 나왔다.

지인은 그로부터 1년을 더 숨어 있다가 시효가 만료되어 다행히(?) 처벌은 면했다고 한다. 하지만 나를 만난 그날부터 숨어 지낸 1년이 지나온 9년보다 몇 배 더 힘들었다고 토로했다. 그야말로 '일일이 여삼추'라 살이 쪽쪽 빠지고 불면증까지 도졌다고 한다.

수배된 자는 현실계에서는 무국적자나 다름없다. 시효 안에 머무는 동안만큼은 그의 집안에는 균열이 생기고 자신의 정신세계에도 심한 균열이 생긴다. 10년의 수배 생활이면 청춘의 핵심을 망가뜨리고 남는다. 시효를 향해 달리는 동안 수배자에게는 시간이 자신보다 더 중요하다. 시효가 임박한 그에게 시간을 대신할 수 있는 것은 이 세상에 없다. 도망으로 구속은 면했으나 자신에게 갇혀 사니 숨이 막히는 시간의 연속이다. 자수하면서 그는 비로소 자신의 감옥에서 해방된다. 10년 만의 만기출소다.

형사적 절차에서도 시효는 이토록 무서운 것이다. 시효를 잘못 건드리면 패가망신한다. 자신을 소홀히 대하는 이해관계인에게 시효는 뒤끝을 보인다.

모든 권리에는 자기만의 자리가 있다. 그 자리의 높이를 결정하는 건 법도, 권력도 아니다. 그것은 시효이다. 권리마다 자기에게 맞는 높이의 자리를 가지고 그 권리를 누리는 자를 내려다본다. 그가 게으름을 피우고 잠이 들면 권리는 자리를 박차고 그를 떠난다. 이것은 고집이 아니다. 시효의 타고난 성향이다. 그 누구도, 그 무엇도 말릴 수 없다. 시효를 넘긴 사건은 죽은 것이나 진배없다. 권리라는 영혼이 떠나버린 사건은 시체와 다름없다. 뒤늦게 사건을 아무리 흔들어도 반응이 없다.

외딴집의 발견

―행복의 정체

여든아홉 노인이다. 무남독녀를 혼자 길러냈다. 자신이 일군 땅을 외손자에게 물려주려 한다고 의뢰해서 찾아갔다. 등기권리증이 없으면 법무사와 대면해서 손도장을 찍고 확인서면을 만들어야 하는데 노인은 누워 지내는 중환자였다.

읍내 속에 숨겨놓은 오지처럼, 갓길에 주차하고 골목을 돌고 돌아 산을 넘고 넘어 도달했다. 중년의 딸이 마중을 나왔다. 집은 허름하지만, 부녀가 내놓는 미소가 값져 보인다. 녹록지 않았을 삶에 찌들었을 법도 한데 그늘을 허용하지 않는 얼굴이다. 노인과 딸은 서로를 단단한 사랑으로 붙잡고 있는 것 같다. 엄마의 얼굴조차 모른다고 대답하는 딸의 눈이 잠깐 젖어 보였다. 노인을 데려가기 위해 집 주변에서 맴돌고 있을 죽음의 동태를, 노인의 병세가 대변하고 있다. 지금처럼 화사한 봄이 몇 번이나 더 노인을 찾아줄지……

누워 있던 노인이 낯선 방문자를 향해 천천히 돌아보면

서 자신의 웃음을 방석처럼 내주었다. 강퍅한 마음일랑 벗어놓고서 여기 그만 앉으라고. 외진 데라서 쓸쓸한 얼굴일 것으로 예상했던 내 선입견은 노인의 미소 한 방에 여지없이 부서지고 말았다. 바깥세상은 욕심으로 어지러운데 부녀 둘이서만 남다른 행복을 공유하고 있는 것 같다.

요양사인 딸이 다른 집 노인들을 돌보고 오는 동안 노인은 방안에 틀어박혀 담장 너머 새소리나 산짐승의 발소리로 딸의 귀가를 연상하며 소일한다고 했다. 행복한 어조로 서술하는 부녀의 역정歷程을 경청하며, 일찍이 아버지를 경험하지 못하고 살아온 나는 질투하는 나를 발견했다.

절차를 설명하고 서명을 받는 요식적인 시간이 너무도 짧게 느껴졌다. 나는 잠깐이라도 더 머물고 싶은 욕심이 발동하여 업무 외적인 질문을 자꾸 꺼냈다. 부녀와 대화를 마치면 다시 시끄러운 세상으로 돌아가야 하는 내가 가여운 나머지, 시간을 끌고 있다는 걸 부녀는 모르는 것 같다. 이곳으로 처음 출발할 때는 볼일만 보고 빨리 돌아가야지 했는데, 막상 부녀 옆에 도착한 다음부터는 더 있고 싶어 변덕을 부렸다. 부녀가 함께 접어서 건네는 한 장의 미소가 내게 도착한 '편지' 같았기 때문이다. 오래전 내게 부쳤으나 이제야 도착한 편지를 나는 읽고 또 읽고 싶어진 것이다. 그동안 나는 왜? 이런 외진 곳에 따뜻한 사연이 묻혀 있는 줄도 모른 채 소란한 도시에서 차가운 법전만 뒤지고 있었을까.

돌아오면서 나를 추궁했다. 꼭 열심히 살아야 한다고 해도 노회했던 지난날처럼 그런 식이어서는 안 된다고. 시계를 죽여서라도 나만의 시간을 살리라고. 그래야 부녀 같은 형식으로 새로 도착할 또 다른 행복의 계시를 알아볼 수 있을 것 아니냐고.

어쩌면 삶이 나에게 행복의 정체를 알려주려고 이곳으로 유인했는지 모른다. 행복은 결코 찾아볼 생각조차 못 하는 낮은 장소에 숨어 있다는 것을 알려주려고 말이다. 외딴집을 무대로 부녀가 내게 보여준 한 편의 다큐는 나를 위로하는 동시에 지난날의 나를 돌아보게 한다. 그동안 나는 나에게는 잘살고 있다고 거짓말하고, 타인들에게는 내가 행복한 적이 없다고 거짓말했다.

나는 언제부턴가 세상 속에 살면서도 세상과 거리를 두고 있었다. 심지어는 나 자신으로부터도 멀어져 있다. 그런데 잠깐이지만 부녀의 외딴집에서 내게 돌아간 나를 목격했다.

신지식인

나는 알고 있습니다. 목숨 한 그루 꺾는데 몇 발의 저주가 필요한지. 하지만, 나는 모릅니다. 기도를 사다리로 사용하면 신이 낮은 데로 임할 수 있는 줄은. 나는 알고 있습니다. 적의 심장을 초토화시키는데 충분한 플루토늄의 양을. 하지만, 나는 모릅니다. 사계절을 지키는 민들레의 노란 전구를 누가 켜놓았는지. 나는 알고 있습니다. 어떤 말을 비수로 꽂으면 라이벌이 폭삭 무너지는지. 하지만, 나는 모릅니다. 숲속의 새들은 어디서 울음을 채워 오는지. 나는 알고 있습니다. 얼마나 조명을 낮추고 어떻게 흥정을 붙여 노래방의 치마를 벗기는지. 하지만, 나는 모릅니다. 갈대가 어떻게 바람과 협치하여 가을 한 철을 저술하는지는. 나는 알고 있습니다. 어떤 겁박으로 무지한 의뢰인들의 지갑이 몽땅 털리는지. 하지만, 나는 모릅니다. 별들이 어떻게 한 눈금의 좌표도 엇나가지 않고 온밤을 설계하는지는.

진실의 특징

폭행당한 피해자가 의뢰인으로 방문했다. 변두리에서 온 중년의 여성이다. 일하다 말고 달려오느라 흙 묻은 운동화를 신고 있다. 가해자가 법원에 기소되어 재판 중인데, 그 놈의 거짓말 때문에 속상하다고 토로한다. 법정에 출석한 그놈이 쌍방 폭력 사건인 것처럼 위증하고 있다고. 도리어 피해자인 자기를 나쁜 여자로 매도하고 있다는 것이다. 나를 찾아온 용건은 진정서와 탄원서를 작성하는 거였다. 자신의 심정과 현장 상황을 서면으로 제출하고 싶다고. 그렇다면 굳이 법무사한테 의뢰할 것이 아니라, 본인이 자필로 작성해서 제출하는 게 좋겠다고 조언했다. 하지만 의뢰인은 법무사가 매끄럽고 유려한 문장으로 써서 제출하면 더 유리할 것 같다고 주장했다.

물론 법리적인 다툼을 벌일 때는 전문가에게 의뢰하여 작성하는 것이 유리하다. 하지만 단순히 사실관계를 서술하는 글은 굳이 비용을 들여가면서 전문가에게 의뢰할 필요는 없다.

진실에게 빛이 있다면 더러운 색깔이다. 때가 묻어 있는 그대로여서다. 거짓은 가면을 쓰고 있어 화려하고 깨끗하다. 어느 정도 깨끗하냐면 진실보다 더 깨끗하게 보인다. 진실은 속도가 느리다. 곧이곧대로 지킬 것 다 지키며 간다. 앞으로 나아가고 있다는 사실조차 알아차리지 못한 정도로 천천히 간다. 거짓은 재빠르고 민첩하다. 앞서서 골인 지점에 도달하기도 한다. 거짓이 이긴 것처럼 오인하게 만든다. 하지만 진실이 도착하면 비로소 순위가 바로 잡힌다. 거짓은 우연에 기댄다. 진실은 우연이라는 샛길을 결코 선호하지 않는다. 필연이 진실의 방향이요 자기의 길이다. 진실의 이면에 숨어 있는 거짓의 모습은 진실의 모습을 갖추고 진실처럼 똑같이 행동한다. 거짓은 자기야말로 먹기 좋게 익은 과일이라고 변호하면서, 진실을 가리켜 너무 시어서 먹을 수 없는 과일로 치부한다. 사람들 입에 자신을 올려놓는 것이 거짓의 목표다. 진실은 특유의 허술한 모습 때문에 가면에 속아 넘어가는 사람들에게는 자신의 모습을 쉽게 안 드러낸다. 분별력을 가진 자가 아니면 진실을 알아보지 못한다.

자, 여기 운동화라는 한 켤레의 '사실'이 있다고 치자. 조금 거칠고 맞춤법이 틀리는 글은 '흙 묻은 운동화'로 볼 수 있겠다. 반면 세련되고 맞춤법도 완벽하고 전문가적 냄새를 풍기는 글은 '닦아놓은 운동화'로 볼 수 있겠다. 흙 묻은 운동화는 있는 그대로의 사실을 담고 있고, 깨끗한 운동화는 의도적으로 각색된 형상이라고 하겠다. 내가 만일 진실을 찾고 있는 재판장이라면 깨끗한 운동화보다는 흙 묻은 운동화에 눈길이 머물 것이다.

내 비유를 듣고 난 의뢰인이 고개를 끄덕였다. 힘들지만 자신이 직접 작성해 보겠노라고. 굳은 표정으로 왔던 그녀는 미소를 덧붙인 얼굴로 돌아갔다. 문서 작성에 따른 보수료 기십만 원이 굳어서인지 다시 한번 고맙다고, 인사를 빼놓지 않았다. 돌아간 뒤 바닥을 보니 그녀의 운동화에 묻어 있던 흙이 떨어졌다. 자신이 방문한 이력을 남기려고 바닥을 방명록 삼아 신발로 서명하고 간 것처럼.

문득문득 생각나는 당신
─어떻게 죽는가에 따라 삶이 드러난다

 죽은 사람은 있어도, 이 세상 누구도 죽어본 사람은 없다. 죽음을 말하려는 나 또한 죽음을 경험하기 전의 가설이다. 죽어본 자가 있다면 헛소리로 들릴지 모른다. 나는 죽음을 꺼내 본다. 실체 없는 관념의 죽음일 따름이다. 죽음은 매 순간 삶으로부터 접수를 위해 주변을 서성이는 실시간 민원이다. 언제라도 출동할 수 있도록 24시간 철야 대기하는 창구이다. 그러나 나는 기한 없이 보장된 삶처럼 죽음의 동의나 승낙 없이 천 년은 살 것처럼 계획하고 만 년을 살 것처럼 시도하고 있다. 이생에서는 죽음을 모든 게 끝나는 것이라고 여긴다. 부정하게 인식하는 것이다. 그런데 죽음 너머 새로운 세계의 눈으로는, 삶에 빠져 있는 우리의 죽음에 대한 일련의 시각이 우스꽝스러운 모습으로 비칠지 모른다.
 여기서는 죽음의 사전적인 정의보다는 어떤 사람들의 구체적인 죽음에 초점을 맞추고, 죽음 전후 그들의 행보를 빌려 죽음의 문제를 고찰하고자 한다. 아니 죽음의 주인공들이 나를 내레이션 삼아 자신들의 메시지를 전하고 있다.

*

'그레고리오'는 문득문득 생각나는 사람이다. 오래전 우리 곁을 떠난 교우이자 친구이다. 나는 그의 핸드폰으로 발송된 본인의 부고를 받고서야 그의 병마를 알게 된다. 나뿐 아니라 그를 알고 있는 모든 동료, 지인, 이웃이 뒤늦게 알게 된다. 우리는 장례식장에 몰려가 하나같이 망연자실한 사람이 된다.

죽기 직전까지, 그레고리오는 장애의 몸을 극복하고 소도시에서 나름 잘나가는 전문직으로 일하고 있었다. 사회적으로 잘나가는 사람이 가족상을 당하면 조문객이 붐비지만, 막상 본인이 죽으면 장례식장은 한산한 것이 세상인심이다. 그런데 본인 상을 당한 그의 빈소에는 남녀노소 조문객들로 붐빈다. 우리는 삼삼오오 모여 생전 그의 행적을 복기하면서 반성문을 쓴다. 아무도 그의 예고된 죽음을 몰랐다는 걸 알고서 저마다 자신을 윽박지르며 취조한다.

그레고리오는 사망하기 불과 6개월 전에 시한부 선고를 받은 터였다. 아무도 모르게 병원을 다녀온 그는, 혈족인 형제에게만 알리고 왼손의 일을 오른손에게 숨기듯 모두에게 비밀로 부쳤다. 자신의 노모에게도 숨겼다. 방계 친족 말고는 아무도 그의 발병을 알 턱이 없었다. 그렇게 조용히 자신의 마지막을 준비하였다. 심지어는 임종을 앞둔 얼마 전까지 주변 사람의 애경사를 챙기며 부의금을 보내오곤 하였다. 몇 달 동안 얼굴을 안 비쳐 누군가 연락이라도 하면 몸이 조금 불편하거나 바쁘다고 둘러댔다. 나중에 컨디션이 좋아지면 보자고 말이다. 그의 하얀 거짓말에 우리가 까맣게 속은 것이다.

손꼽아 기다리던 첫차에 올라타 수학여행을 떠나는 소년처럼, 어떻게 넋두리 한 마디 없이 뒤도 돌아보지 않고 떠날 수 있는가. 그가 그토록 의연할 수 있었던 것은 몸은 비록 아프고 지쳤지만 영혼은 맑게 개어 있었다는 증거일 게다. 그레고리오는 이 별을 떠나 자신이 어디로 가는지 알고 있었던 것이리라. 이곳보다 더 나은 세계가 또 있다는 것도, 문을 닫고 어두운 곳으로 내려가는 것이 아니라, 문을 열고 밝은 곳으로 올라간다는 것도 알고 있었던 것이리라. 내가 들을 수 없고 볼 수 없는 세계를 그는 출발하기 전에 벌써 확신한 것이리라.

영혼이 몸에서 빠져나가 저승으로 향하는 것으로 상정하고 죽음을 택한 소크라테스처럼, 그레고리오는 천국으로 앞서 떠난 영혼을 만나러 가는 출장처럼, 자신과 가까운 스텝인 가족에게만 알리고 조용히 길을 나섰다. 3일 만에 곧 다시 돌아올 사람처럼, 주변의 부의금도 챙기고 그사이 안부를 묻는 이들에게는 곧 보자고 응수하면서. 죽음을 한낱운 나쁜 사람의 숙명적인 형벌처럼, 삶의 징계처럼 나쁘게여기는 우리의 진부한 생각과 달리, 그레고리오는 이윽고자신의 차례가 되자, 삶의 체크아웃을 하고 거처로 돌아가려는 순례객처럼 행동했다. 죽는 길과 살아 있는 길 중 어느 쪽이 나은지는 신만이 알 것이라는 소크라테스의 변명을 어렴풋이 수긍하는 정도에 그친 나와 달리, 그레고리오는 죽으러 가는 길이 결코 나쁘지만은 않다고 인식한 게 분명해 보인다. 죽으러 간 그는 내 안에 머물며, 쓰러져 가던죽음에 대한 나의 인식을 살려놓았다. 나는 그의 죽음을 통해 비로소 삶 안에서 죽어가던 죽음에 대한 나의 무지를 알게 되었다.

헌이의 닉네임은 하필 '빈손'이었다. 그는 죽자 사자 붙어 다니던 죽마고우다. 나처럼 흙수저 출신인 빈손은 객지를 떠돌며 안 해본 일이 없다. 가스배달과 사채업자, 도박장하우스와 호객꾼, 중고차 딜러 등 가방끈이 짧은 탓에 주로밑바닥을 전전했다. 벽지 출신으로 근접 못 할 뒷골목 세계의 쓴잔을 거푸 마시며 삶을 유랑했다.

우리들의 기린아였던 빈손이 거친 암에 기습을 당했다는 비보를 돌연 접하게 된다. 근육질과 운동신경에 비추어 응당 장수하리라고 자타가 공언해온 빈손의 발병은 우리를 당황케 한다. 빈손의 휘하에서 우정을 누리던 동무들이 그 늘진 셋집으로 속속 모여든다. 그를 차마 위로할 용기가 나지 않았으므로 우리는 괜스레 옛날이야기를 꺼내 위무하려고 애쓴다. 하지만 빈손의 안위를 근심하는 병졸들과 달리 두목 격인 그는 예의 깡다구를 드러내며 아우 같은 우리를 달랜다. 늠름함으로 위장한 호기에 속은 우리는 서둘러 그를 떠나온다. 예후가 안 좋은 중병이라 쉬이 낫지 않을 거라 노심초사하고 있는데, 문득 그가 자리에서 일어서게 되었다는 소식을 듣게 된다. 하지만 그것은 일시적 호전에 지나지 않는다. 특유의 패기로 억센 암을 제압한 줄 반신반의하던 우리 앞으로 마침내 부고가 송달된 것이다. 경향 각지에 흩어져 있던 빈손의 추종자들은 또다시 충격에 휩싸인다. 생계와 공방을 벌이던 시간을 세우고 달려간 빈소에 우리들의 보스는 부재중이다. 그를 운구할 관도 비어 있다. 우리도 모르게 그는 생전에 '시신 기증'을 예약해 두었다. 가족들의 만류도 완강한 그의 신념을 꺾는 데는 실패했다. 대학병원에 의학실험용으로 유일한 자산인 육신을 조건 없이 양도한 것이다.

빈손은 액자 속에서 미소를 거두지 않고 있다. 우리가 거기를 빠져나오기까지 아주 끈질기게 웃고 있다. 자기는 괜찮다는 듯이, 도리어 우리한테 왜 우느냐고, 왜 슬퍼하냐고 책망하는 표정이다. 가족에게 남겼다는 그의 당부란 이런 것이다. 만약 자기한테 곧 죽음이 찾아오면, 오기로 한게 온 것뿐이니 울지도, 슬퍼도 말라고. 사람들이 자기 장례식 때문에 돈을 쓰게 하지들 말라고. 예고된 자기 죽음을 누구에게도 사전에 알리지 말고, 장례식도 가족끼리 단출하게 치르라고.

기원전 399년경 소크라테스는 친구들이 감옥에서 자기를 빼내려고 동분서주하는 모습을 보이자 자신은 죽기 위해 떠난다고 도리어 친구들을 위로한다. 우리가 삶에 바치는 헌신만큼 소크라테스는 죽음에 헌신하는 태도를 보인 것이다. 매일 살기 위한다는 명분으로 우리가 삶에 집착하며 표류할 때, 빈손은 죽기 위해 여장을 꾸리는 신사처럼 행동했다. 영원히 잠들어 무無로 사라지는 일이라면 가장 홀가분한 잠일 것이라는 소크라테스의 변명을 재현하는 사도처럼, 빈손은 거추장스런 겉옷으로 여긴 듯 육신을 벗어던졌다. 어서 잠자리에 들고 싶어 하던 소크라테스처럼, 빈손은 부검실에 자신을 누이고 몸을 고스란히 대학병원에 넘겨주었다. 그는 자신을 그릇처럼 비우고, 몸을 옷인 듯 벗어놓고 갔다. 다른 나라로 건너가는 여행자처럼 홀가분한 차림으로 떠난 것이다. 그는 자신의 닉네임처럼 빈손으로 가볍게 비상했고, 움켜쥔 우리는 무겁게 지상을 맴돌고 있다. 그는 아무엇도 하지 않고 모든 것을 해냈다. 아무도 초대하지 않았는데 모두를 달려오게 했다. 그의 가난한 결산이, 넘치도록 많이 가졌다고 자부하는 우리를 얼마나 초라하게 만들 수 있는지, 자신의 염결한 죽음을 통해 손수 보여주었다. 우리가 소지하고 있는 삶의 계산기, 어설픈 우리의 속셈을 그의 손아귀 안에 가두었다.

갑작스러운 그의 처신을 맞닥뜨린 우리는 별안간 빚쟁이로 전락한다. 상상도 할 수 없는 빈손의 행적 앞에서 우리는 덜컥 왜소해진다. 안방 깊숙이 지키고 있던 우리의 금고는 초라해진다. 명예의 꼬랑지를 더럽히며 틈틈이 불려온 우리의 통장은 거북해진다. 훔쳐 온 권위로 우리가 쌓아 올린 고층 빌딩의 교만이 바닥을 친다. 우리의 가방끈은 부러지고, 우리의 수다스러운 펜 끝은 무디어진다. 우리의 고상한 담론은 고장 난 구호에 지나지 않는다.

'빈손'과 '그레고리오'는 자신들의 뜻과 달리 죽음을 빨리 선고받았다. 하지만 죽음이 예고된 후 죽음을 대하는 그들의 태도는 시종일관 단호한 모습을 유지했다. 빈손과 그레고리오의 죽음을 읽기 전에는, 나는 죽음에 관한 한 최악의 독자였다. 그들의 죽음은 책으로 치면, 읽기 전과 읽은 후 세상의 삶과 죽음이 완전히 달리 보이게 하는 양서이다. 내가 가지고 있는 죽음의 사고를 이 세상의 저편으로 데려다

준다. 그들의 죽음을 지켜본 것만으로도 내 마음이 정화되게 한다. 죽음에 대한 지혜와 용기를 나에게 선사해 준다. 그리하여 두 친구를 추억할 때만큼은, 나는 한 번도, 죽음으로 인해 인생이라는 것이 초라해 보인 적이 없다.

죽음 전후 그들의 행보를 지켜보면서, 나는 눈에 보이는 세계에만 머물던 나로부터 벗어나 죽음 너머의 보이지 않는 세계로 보다 멀리 유추해볼 수 있는 최소한의 단초를 얻었다. 그들이 보여준 죽음을 관람하고서 다시 현실의 나에게로 돌아왔을 때, 나는 새로운 시점으로 죽음의 문제를 다룰 수 있게 되었다. 나는 부의금 몇 푼을 지불하고 그들의 비싼 죽음을 산 것이다. 그들은 달리는 기차처럼 멀리 떠나갔고, 나는 삶이라는 플랫폼에 남아 있다. 빈손과 그레고리오의 도움으로 나는 얼마 동안은 그들을 이정표 삼아 새로운 길을 가려고 시도할 것이다. 하지만 나도 모르는 사이에 그들이 이정표였다는 사실도 잊은 채 다시 옛날의 잘못된 길로 돌아가 헤맬 것이다.

*

오랜만에 만나는 동창 모임인데 그녀는 가장 늦게 나오곤 했다. 살기 바빠서 지각한 것이라고 얼버무렸다. 배우자와 사별하고 어렵게 생활한다는 그녀의 역정이 입소문으로 퍼졌다. 나는 그런 그녀에게 잘해 주지 못했다. 예쁘고 잘 나가는 세상에 한눈이 팔려 그녀를 뒷전에 두었다. 언젠가 덕이가 밤늦은 시간에 전화를 했다. 그녀로서는 친근감에서 그랬을 것이다. 아니다. 낮에는 바빠 저녁밖에는 시간이 없어서였을 것이다. 그런데 나는 늦은 시간이라는 핑계로 성의 없이 통화를 했다. 그 후 다시 저녁에 전화를 했는데 바쁘다는 이유를 내세워 통화를 꺼렸던 것 같다. 나는 편협하게도 내 입장만 앞세운 거였다. 그녀로부터는 더 이상 전화가 걸려오지 않았다. 내가 먼저 그녀에게 안부 전화를 걸었던 기억도 없다.

단톡방에 어쩌다 소식을 한 줄이라도 올리면 덕이는 빠짐없이 댓글로 반응을 보였다. 하다못해 '이모티콘'이라도 달았다. 숫제 반응을 안 보이며 점잖나 빼는 친구들과는 달랐다. 이유 같지 않은 이유로 나는 그녀를 건성으로 대했지만, 그녀는 나에 대한, 우리들에 대한 자세를 끝까지 흐트러뜨리지 않았다. 그녀가 나보다, 우리보다 한 수위였던 것이다.

어느 날부턴가 덕이가 댓글을 달지 않고 이모티콘도 안 달았다. 내가 어떤 소식을 올려도 아무런 반응이 없었다. 나는 시큰둥해져서 더 이상 소식을 올리지 않았다. 그로부터 얼마 지나 그녀가 중환으로 요양 중이라는 비보를 접하게 된다.

누군가의 제의로 누군가 나서서 그녀에게 통장번호를

묻는다. 어깨동무로서 돕고 싶은 호의가 발동한 것이다. 그녀는 단호하게 거절한다. 단지 친구들에게 폐를 끼치고 싶지 않다는 이유다. 다시 한번 간곡하게 통장번호를 물어도, 그녀는 아예 화를 내기까지 한다. 그런 사람이다, 그녀는. 평소에 소원하다가 애경사가 생기면 통장번호를 앞세워 문자부터 돌리는 사람과는 결이 다르다. 그녀 동생의 연락처를 알아내 그녀의 통장번호를 다시 물어도 동생 역시 완곡하게 거절한다. 염결한 누나의 성정을 익히 알고 있는 동생도 그녀의 태도와 별반 다르지 않다. 그 누나에 그 아우다.

그녀의 댓글은 더 이상 나타나지 않고, 그녀와 함께 떠난다. 댓글은 그녀의 마음이 머문 유적이고, 그녀가 손가락으로 쌓아놓고 간 디지털 유물이다. 그녀에게 댓글은, 재미삼아 올리는 오락이라기보다는 생존 반응이었다. 그런데 악화된 병이 댓글의 발목까지 잡은 것이다.

단톡방에서 그녀는 빈자리로 남아 있다. 나는 거기서 빠져나온다. 그녀가 깨끗하게 닦아놓고 떠난 이 세상에서 오늘도 나는 흠집을 내며 함부로 살아가고 있다. 덕이가 내게 읽어준 죽음은 결코 멀리 있지 않다. 그것은 높은 데 있지 않고 문턱이 낮다. 황혼이 되기 전에, 어스름해지기 전에 찾아와도 이상할 것이 없다. 아침이 모두에게 언제나 열리는 문은 아니다. 어느 순간 열쇠를 잃어버리면 아침으로 돌아오는 문을 열고 나올 수 없다. 오늘 밤의 나에게 내일 아침은 보장된 권리가 아니라 은총이다. 그러니 오늘밤 바로 지금 당장 시작하기로 결심한 것이 있다면 내일 아침까지 미루지 말라고, 덕이는 자신의 죽음을 통해 우리에게 웅변하고 있다.

*

H의 죽음은 고독을 방치한 대가이다. 그의 죽음을 알리는 문자가 도착한다. 말도 안 되는 사건이 벌어진 것이다. 출근을 미루고 빈소로 달려간다. 장례식장은 한껏 낮춘 목소리뿐이다. 동네 사람들은 극도로 말을 아낀다. 묻지도 않았는데 누군가 친절하게 사인死因을 들려준다. 저녁에 음독하였고 밤새 고통을 겪다가 새벽에 숨졌다는 설명이다. 부검은 필요 없다. 전후 사정을 그의 가형이 목격하였으므로 의심의 여지가 없는 변사다. 유서는 빠뜨리고 갔다. 그럴 새도 없이 죽음 속에 뛰어들었으니……. 빈소에는 조문객이 별로 없다. 초라한 풍경은 가난했던 망자의 생애를 대변해 주고 있다. 유족을 대표하여 그의 가형이 무겁게 인사를 받는다. 집구석에 처박혀 지내는 그를 평소 못마땅하게 여기던 가형과 실랑이가 벌어졌다고 털어놓는다. 나는 더 묻고 싶지도 듣고 싶지도 않다. 말 없는 그의 처지에서 이 지경까지 몰고 온 가형을 향해 원망의 눈총을 겨눈다.

그는 우리가 알고 있던 학우 중에서 가장 기대를 많이 받았다. 하지만 그는 고독을 너무 오래 방치하였다. 고독을 버려둔 대가는 끔찍했다. 골방에서 반려견처럼 길러온 자신의 고독에 물려 죽은 것이다. 우리가 사전 속에서 관념으로 만나온 고독을 그는 현장에 방목하였다. 고독에 처참히 물려 죽은 그는 응급실에서 백일몽을 깬 주검으로 발견된다. 가슴에 박혀 있던 못 자국은 고독에 물린 이빨 자국으로 판명된다. 장례식장 주변에서 스산한 바람 몇 점이 조문객들 발길에 차인다. 그의 사체 옆에서 '사채私債' 같은 고물은 발견되지 않는다. 상속인들은 이구동성으로 노파심을 내려놓는다. 빈소를 빠져나오는데 극약 냄새가 골목을 활보하고 있다.

삶은 누구나 초보 운행이다. 그는 처음 태어났고. 처음으로 죽었다. 나도 H처럼 이 별에 처음 발을 들여놓은 초행길이다. 반백 년 넘게 주행한 지금도 초보처럼 길을 헤매고 있다. 내가 H처럼 이 별을 뜨지 못하는 건 그보다 특별한 데가 있어서는 아니다. 이곳에 당도한 이래 나는 내 길을 찾지 못하고 있다. 앞으로 갈 길도 모르는 주제에 H처럼 유턴하는 건 엄두를 낼 수 없다. 여전히 무단주차를 시도하다가 쫓겨나기 일쑤이다. H가 나에게 읽어준 죽음은 촛불로 다가왔다. 촛불처럼 환하던 그는 캄캄한 어둠이 되었다. 누군가 켜놓은 자신을 스스로 눌러 껐다. 그는 저생에서 다시 촛불로 타오르고 있을까. 아니면 어둠 속에 묻혀 자기 차례를 기다리고 있을까. 그는 삶으로부터 도피하기 위하여 죽은 게 아니라, 자기 영혼으로 돌아가기 위해, 자기 영혼성을 회복하기 위해 육신을 떠난 게 아닐까.

*

곰팡이는 통풍이 안 되는 곳에서 자라고 번식한다. 그리하여 살아 있는 것들을 죽게 만든다. 내가 지금까지 몇 가지 사례에서 읽은 죽음은 부패한 내 관념 속에 신선한 바람을 불어넣어 주었다. 내가 나의 죽음을 꺼내 거풍시킬 수 있도록 죽음과 소통의 기회를 부여했다. 죽음에의 사고가 썩지 않도록 말이다. 삶을 완독하고 떠난 그들의 눈에는 서둘러 살아가는 내 모습이 위험한 질주로 보일 것이다. 내가 여태껏 헤매고 있는 삶으로의 노정이, 목적지에 다다른 그들에게는 모든 게 손바닥에 놓인 것처럼 훤히 보일 것이다.

죽음의 길로 진입하며 보여준 그들의 행보가 신호등 되어 우리를 지켜보고 있다. 우리가 잘못 가고 있는 건 아닌지, 잘못 가고 있던 우리가 그들이 만들어 놓고 간 이정표를 보고 다시 제 길로 돌아갈 수 있도록. 그들은 가끔 내 생각 속으로 뛰어 들어와 나에게 질문하곤 한다. 너, 잘 살고 있는 거야? 너 잘 오고 있는 거야? 너무 많은 것들, 너무 높은 것

들, 너무 빠른 것들, 너무 얄팍한 것들, 너무 가벼운 것들에
정신이 팔려 표류하고 있는 건 아니야?

원시인

장례식장에서 만난 당신의 엉덩이는 주물러도 되는 사물로 알았습니다. 그러나, 피 한 방울 섞이지 않은 당신들이 삼 대의 집안 제사를 모셔온 줄은 몰랐습니다. 당신의 저녁은 여관방으로 불러내 안마를 시켜도 되는 유흥도구로 알았습니다. 그러나, 갑골문의 女가 무릎 꿇고 앉아 손을 얹고 있는 당신의 형상인 줄은 몰랐습니다. 당신의 입술은 옥상에서 훔쳐도 되고, 당신의 가슴은 손으로 훔쳐도 되는 장물로 알았습니다. 그러나, 아우를 낳아준 날은 아랫목에 뉘여 비단을 입히는데 누이를 낳아준 날은 윗목에 뉘여 포대기로 싸놓는 산실에서 당신이 흘렸을 눈물은 몰랐습니다. 당신은 친밀하게 대하면 방자하고 거리를 두면 적의를 품는 족속으로 알았습니다. 그러나, 남자는 하늘이라 여자가 달아날 수 없고 남자를 어기면 하늘이 벌을 내리는 세상에서 당신의 엄마들이 살아온 줄은 몰랐습니다. 남자의 부모를 잘 모시고 사내아이를 안겨주는 것이 당신의 길인 줄로 알았습니다. 그러나, 누구의 엄마, 누구의 아내, 누구의 며느리로 불리는 관습 속에 당신의 이름이 묻혀 백골이 된 줄은 몰랐습니다.

뜻밖의 방문

한 노부부가 상담차 방문했다. 직원들과 기초 상담을 마친 후 묻는다.

"여기 혹시 시 쓰는 법무사 사무실 맞아요."

옆 칸에서 듣고 있던 내가 나가서 정중히 예를 갖추었다.

노부부는 만면에 미소를 짓고 있다. 마치 자신들이 여기서 나를 손님으로 오래 기다려온 주인처럼, 오래전에 내 서정을 읽어낸 독자처럼 반긴다. 서울 모 대학에서 정년퇴직하고 귀촌한 지 꽤 오래되었다, 고 자신들을 소개한다.

"진즉에 만났으면 좋았을 텐데……"

지나가 버린 시간을 아쉬워하기까지 한다.

그러니까 노부부는 나를 믿어서 온 게 아니다. 시를 믿고 온 것이었다. 몸 둘 바를 모르겠는 나는, 황혼으로 무장한 노부부 앞에서 귀만 열어두고 있었다. 다른 데 제쳐두고 단지 시를 쓰는 법무사라서, 자신들의 고민을 대동하고 찾아오다니…… 죽어가는 줄 알았는데…… 시는 아직 살아 있구나. 시 쓴다고 함부로 누설해서는 안 되겠다고 다짐해보는 하루였다.

한오백년

추어탕 집을 들어갔는데 계산대 옆에서 두 노인이 다투고 있다. 서로 밥값을 치르겠다고. 추어탕 두 그릇에 소주 한 병을 곁들였다. 양보를 못 하겠다며 노인이 꺼낸 건 쌈짓돈이다. 돈의 출처는 보나 마나 노령연금이다. 늙느라 수고했다고 나라에서 주는 용돈이다. 비싼 원고료 두 편 값이니 20여만 원이다. 주인은 싸움을 말릴 생각도 없이 웃고만 있다. 추어탕집 이름은 한오백년이다.

3부

———

그
놈
의

인
권

사라진 감기약을 찾아라

처음 우리는 지방의 한 주간지 열혈 기자의 밀착 취재로 보도된 특집 기사를 보고 사건에 접근했다.

부도 때문에 자금 사정에 어려움을 겪고 있었다. 정상적인 방법으로는 큰돈을 마련할 길이 없었다. 문제의 공기업은 경제사업의 일환으로 조합원들한테 대량으로 사들인 농산물의 판로를 개척하는 데 애로를 겪고 있었다. 그 틈을 사기 조직이 파고들었다. 담보가치 없는 부동산을 물색하여 진성 담보처럼 속여 공기업에 제공하고 농산물을 외상 공급받은 다음, 이를 덤핑 판매하여 현금을 조성하기로 작당한 것이다. 바지사장을 내세워 법인과 농산물을 거래하다가 외상 구매액이 누적되면 발행한 수표를 부도내는 수법이다.

수개월에 걸친 내사 끝에 전국적으로 사기 행각을 벌인

범죄 조직의 윤곽이 드러나기 시작한다. 주범과 바지사장을 붙잡기 위해 검거 작전에 돌입한다. 시골에서 수사관 몇을 이끌고 올라가 주범 K가 은신한 것으로 추정되는 수도권의 한 번화가를 뒤진다. 그가 있을 법한 아파트를 지속적으로 구석구석 관찰한다. 고급 아파트 하나를 그의 아지트로 점찍고 밤낮으로 끈질기게 잠복을 이어간다. 행방이 묘연한 그를 만나기 위해 우리는 노상의 차량 속에서 새우잠을 감당해야 한다. 지쳐서 포기하고 철수할까, 망설일 즈음 넓은 단지의 주차장에서 고급 차 한 대를 발견한다. 소문으로 듣던 K의 차량이다. 대도시에서도 드물다는 수입차다. 시골에서는 눈 씻고 찾아봐도 볼 수 없는 희귀한 고가 차종이다.

마침내 우리의 입가에 미소가 어린다. 동시에 긴장이 감돈다. 몇 달 동안 뒤져 헤맨 결과가 눈앞에 나타났기 때문이다. 밤새 머리를 맞대고 숙의하여 새벽을 작전 시간으로 설정한다. 접촉 사고를 가장하고 경비실에 찾아간다. 사고처리를 해야 하니 차주인 K를 불러달라고 요청한다. 검거 매뉴얼에 따라 미리 아파트 진출입구를 봉쇄하고 대기한다.

우리를 빼고 아파트는 아직 잠들어 있다. 시간이 느리게 간다. 고요가 너무 무거워 거기서 빠져나오지 못할 것 같다. 드디어 그를 만날 수 있는 기회가 한 걸음 앞으로 다가온 것이다. 우리는 이번 기회를 이용해 반드시 그를 만나야만 한다. 왜냐하면 그는 전국적 사기 조직을 통할하는 보스

격이다. 사건의 실체를 밝히는 모든 열쇠를 쥐고 있다. 그를 놓치기라도 하면 우리는 사건의 처음으로 곤두박질쳐야 한다. 다시 사건의 막장 터널에서 헤매야 한다.

아파트 현관에서 엘리베이터 입구까지 좁은 통로는 이제 그와 우리 사이에 한판 붙을 무대로 변한다. 검거 작전이 절정의 단계에 와 있다. 투덜거리며 그가 현관문을 열고 걸어 나온다. 그렇게도 만나고 싶어 하던 그가, 막상 우리 앞에 등장하자 심장이 벌렁거려 하마터면 동요될 뻔한다.

엘리베이터 앞에 도착한 순간 정신을 가다듬고 그를 제압해 '미란다원칙'을 고지한다. 자포자기한 그가 고개를 떨어뜨린다. 반항 같은 건 아예 없다. 대면한 그는 괴물이 아니다. 험상궂은 인상도 아니다. 귀공자 타입의 훈남으로 보인다. 단언하건대 그는 우리가 설명하기 전에 이미 우리의 정체를 짐작한 모양이다. 지방에서 올라온 수사관이라고 신분을 밝히자, 그는 아! 하는 표정을 짓는다. 그것은 놀람이라기보다 언젠가는 만나게 될 상대를 비로소 만났다는 투다.

밤새 무엇을 했는지 그의 얼굴이 부석부석하고 초췌해 보인다. '감기약'을 먹고 취한 사람처럼 약간 맛이 간 표정이다. 손에는 쓰레기를 담은 것으로 보이는 꼬깃꼬깃한 비닐봉지가 손에 들려 있다. K의 차량으로 끌고 가 내부를 수색하여 장부로 보이는 소지품을 중심으로 압수하고 고속도로로 향한다.

돌아가는 대로 밤새 조사를 하고 구속영장을 청구한다.

그런데, 난데없이 수도권의 한 강력수사부에서 K의 신병을 넘겨달라고 요구한다. 자기네들이 6개월에 걸쳐 그를 추적하고 있었는데, 지방에서 우리가 올라와 데려가 버렸다는 하소연이다. 알고 본즉 그는 주요 마약사범으로 수도권에서 긴급 수배 중이다. 그쪽의 중요 수배자를 우리가 가로챈 셈이다.

우리 수사팀으로서는 공기업의 전국적 사기 조직의 주범인 K를 쉽게 넘겨줄 수 없다. 그를 상대로 조직의 전모를 밝히고 있는데, 다시 마약수사부한테 다급한 연락이 온다. 자기 팀이 탐문한 바로는 우리가 압수한 품목 중에 마약이 있으니 그것이라도 넘겨달라는 거다. 하지만 우리가 압수한 품목에 마약은 당연히 없다. 만일 압수되었어야 할 마약이 어디로 새어 나갔다면, 자칫 우리는 계급장을 떼이고 관복을 벗어야 할 판이다. 압수 당시 동행한 일행을 상대로 점검에 들어간다. 보안 사항이라 차마 마약이라는 말은 꺼내지도 못한 채 감기약이라고 암호화하여 탐문하기 시작한다. 만일 출입 기자들이 냄새라도 맡게 되면 온 매체에 대서특필 될 사안이다.

뒤늦게…… 한 팀원이 소지하고 있는 것을 확인한다.

그는 쓰레기인 줄 알고 봉지 하나를 차량 뒤쪽에 처박아 놓은 채 그대로 방치한 것이다. 복기해 보니 K를 체포할 당시 그가 집에서 쓰레기 봉지 하나를 들고나왔다. 검거 당시 그는 감기약을 먹고 취해 있는 듯한 모습이었다. 그의 사기 행각에 온갖 초점을 맞추고 있던 우리는 회계 장부에만 관심을 기울였다. 마약 사건의 핵심 증거인 히로뽕이 담긴 그 쓰레기 봉지를 간과한 거다.

감기약(?)은 전량 회수되었다.
만에 하나 그것이 사라졌으면, 나를 비롯한 우리 팀은 독감에 걸려 곤욕을 치렀을 것이다.

감기약의 실체는 향정신성의약품이다. 매스암페타민인데 속칭 히로뽕이라고 한다. K한테 자금을 건네받은 수입책이 일본으로 출국한다. 도쿄에 있는 긴자꾸 거리 어느 커피숍에서 일본 판매책과 접선에 성공한다. 감기약과 현금을 교환한 수입책은 약국에서 영양제를 구입해서 호텔로 간다. 영양제의 캡슐 속 내용물을 꺼내고 그 속에 히로뽕을 은닉한 다음 캡슐을 닫고 약병 밑쪽으로 밀어 넣어 진짜 약병처럼 위장한다. 소포를 가장한 히로뽕은 국제 우편으로 K에게 우송된다.
K는 우리를 만나기 전, 이미 히로뽕 투약에 빠져 있었

다. 그런데 우리는 사기 사건 증거 수집에 몰두하느라 그의 신상에 노출된 히로뽕의 흔적을 놓친 것이다. 아마도 그로서는 우리가 사기의 증거물에만 집착할 뿐 히로뽕에 관심을 보이지 않는 것에 속으로 쾌재를 불렀을지 모른다. 압수물 중 쓰레기 봉지로 가장했던 히로뽕의 잔재물이 그에게는 더 중요한 것인데 우리는 그것을 도외시했다. 그의 입장에서 상대적으로 덜 중요한 사기의 증거자료에 우리가 집착을 보인 것이다. 그와 우리는 그 잠깐 사이, 같은 압수물 더미를 앞에 두고 서로 동상이몽을 꾼 꼴이다.

　　더 많은 것을 알아내려고 집요하게 캐묻는 우리의 저의를 간파한 후부터 K는 과묵한 사람이 된다. 그는 수도권 정가에서 활동하던 정계의 유력인사 가족이다. 귀찮은 청탁 전화가 내려온다. 우리는 정중하고 단호하게 거절한다. 그는 배후에서 누군가 온갖 힘을 동원하여 우리 수뇌부를 회유하기를 기다리는 사람처럼 시간을 끌며 침묵을 고수한다. 우리는 더 이상 그의 입에 의존할 필요는 없다. 그를 만나기 전에 만났던 공범과 속칭 '바지'인 종범들로부터 그에 관한 증거를 무수히 수집해 놓은 터라 우리는 자신 있게 그와 담판을 벌일 수 있다. 자백하고 선처를 받든, 부인하고 중형을 선고받든 순전히 그 자신의 몫이다. 이제부터 그는 저지른 자신의 죄와 그에 조응할 벌의 시간이다.

마약 사건의 추가 기소는 파장이 컸다.

그 무렵 K는 히로뽕 투약이 생활의 전부였다. 밀수한 히로뽕은 호텔을 전전하면서 부녀자들과 향락을 즐기는 도구로 사용되었다. 히로뽕은 그를 다른 세상으로 보내 주었다. 지명수배 때문에 불안한 생각이 들 때면 히로뽕에 의지했다. 그는 지명수배의 공포에서 벗어나기 위해 히로뽕과 결탁했던 것이다. 마약과의 만남은 그가 지명수배의 공포로부터 벗어날 수 있는 유일한 도피처였다. 그는 수사관에게 쫓기는 한편 자신의 내면에 있는 욕정에게도 쫓기고 있었다. 그가 두려워할 것은 지명수배가 아니라 히로뽕의 중독성이었다.

그는 부도를 내고 도피하던 기간 호텔 등지를 돌며 여러 차례 환각 파티를 벌인 사실이 확인된다. 법정에서 그의 사기행각에 대해 선처를 강력히 변소하던 변호인단은, 폭로에 가까운 주임검사의 공소장 낭독에 혼비백산한다. 법정을 가득 메운 지역의 방청객들도 술렁인다. 지역사회의 비난 여론에 기세가 눌려 변호인단은 결국 사임계를 내기에 이른다.

우리에게 구속됨으로써 K는 히로뽕에서 자유롭게 된다. 구속은 히로뽕의 욕망으로부터 멀어지는 계기를 만들어 준다. 정작 그는 우리의 도움으로 히로뽕에서 풀려난 것이다. 구속된 후 자신의 얼굴을 도로 찾는다. 마침내 자기 내면에 도사린 욕망이라는 짐승을 쫓아낼 수 있게 된다. 그런 점에서 K는 사법한테 빚을 진 셈이다.

그때의 나는 마치 신이 그 사건을 나에게 신탁한 것처럼 내 청춘의 한가운데를 다 털어 넣었다. 그때는 그랬다. 신이 만일 나에게 하루를 더 얹어주었다고 해도 추가한 그 하루까지 사건을 파헤치는 데 마저 사용했을 것이다. 결정적인 한 방을 찾기 위해 압수물을 뒤지는 것 말고는 그 시간에 다른 일은 하지 않았을 것이다. 그 시절, 사건과 나는 하나가 되어 움직였다. 사건관계인을 조사하다가 화장실을 가는 중에도 온통 사건 생각뿐이었다. 복도 끝 화장실 입구에 이르러 사건에 몰입한 나머지 화장실에 간 목적을 잊고서 내가 왜 여기 왔지? 망설이다가 다시 조사실로 되돌아가곤 하였다. 사건에 빠져 요기와 변기마저 놓친 것이다. 그렇게, 나는 내 청춘을 말아먹었다.

사과 한 상자

조합장과 J 부장 사이에서 P 전무는 판매 사업에 관한 한 원칙에 입각한 처리를 고집한다. 조직 내에서 유일하게 부정한 거래를 저지하던 간부다. 결재 서류에 누락된 그의 도장이 그의 결백을 소명해 준다.

P 전무의 오더를 받은 K 과장은 집요하다.

퇴근하는 나를 집 앞에서 늦은 시간까지 기다린다. 그는 나와 P 전무 사이에서 포스트맨이다. K 과장은 사적으로 까마득한 지역의 선배다. 나이로 치면 아저씨뻘이다. 전무 얘기는 꺼내지도 않고 그는 다른 신변잡기를 풀어놓는다. 그러다가 돌아가면서 슬그머니 내 차 뒷좌석에 봉투를 두고 가는 식이다. 대놓고 부탁한 거는 아니지만 뻔한 노림수다. 전무의 선처를 바라는 뜻이 내포되어 있다. 나는 내 안의 또 다른 나와 신경전을 벌인다. 두툼한 봉투를 앞에 두고. 하지만 내 안의 또 다른 나는 두둑한 배짱이 결여되어 있다. 며칠

후 과장을 부른다. 차 안에서 안부를 주고받고는 내 안의 소심한 나를 시켜 그에게 봉투를 돌려준다.

전무는 비록 구속된 조합장과 부장 사이에서 차상위 간부지만, 그는 업무상 배임 혐의가 약하다. 조합장과 부장이 물불 안 가리고 판매 사업을 추진할 때, 그는 전무로서 소심하게 굴었고 그런 행보는 사고가 터졌을 때 그가 살아날 수 있는 기반이 되었다.

조합장과 부장을 순차적으로 구속했지만, 수사팀으로서는 굳이 전무까지 무리하게 입건할 이유가 없다. 전무를 대리하여 나에게 접근한 K 과장에게 그 점을 이해시키며 부담을 갖지 말라고 한다. 보름이 지났을까. 다시 K 과장이 집 앞에서 나를 기다린다. 서로 신변잡기를 늘어놓고는 차에서 내리며 봉투를 두고 달아나다시피 한다.

나한테서 봉투를 돌려받은 전무가 불안해한다는 거다. 다시 돌려주면 다시 두고 내리고 한두 번 더 반복한다. 번번이 나를 시험에 들게 하는 봉투에 짜증이 따라붙는다.

결국, 전무는 처벌의 범위에서 비껴간다.

그가 판매 사업의 결재 과정에서 보인 일련의 정황과 증거에 따른 결정이다. 그 이후로 봉투는 더 이상 나를 기다리지 않는다.

명절이 되자 사과 한 상자가 나를 찾아온다. 그것마저 돌려보낸다면 또다시 봉투가 찾아올까 봐 과일의 방문만큼은 의례적인 관습으로 받아들인다. 받아본 사람은 안다. 받는다는 건 얼마나 쉬운 일인지. 거절해 본 사람은 안다. 받기보다 돌려주는 것이, 거절하는 것이 더 피곤한 일이라는 것을.

*

돌이켜보건대 나는 청렴한 공직자는 결코, 아니었다. 그들이 내미는 금품을 거절한 것은 단지 내가 소심했기 때문이다. 다시 말하지만 내가 만일 남의 담장을 넘을 줄 아는 대범함을 지니고 있었다면, 나는 기꺼이 산삼이나 봉투 따위를 받아 챙겼을 것이다.

무죄의 후일담

1990년대 중반, 그때 나는 사건에 끌려다니다 몸과 마음이 번아웃 상태였다.

*

K는 관할 사법경찰관이다. B는 사고 운전자이자 피해자 유족이다. 그는 자기 집에서 중장비를 운전하여 후진하던 중 안전 의무를 소홀히 한 중과실로 뒤에 서 있던 다섯 살짜리 자기 아이를 들이받는다. 중장비에 친 아이를 병원으로 후송했으나 치료 중 사망한다.

자연사와 달리 사고사는 사인을 밝히고 형사 책임의 소재를 따지기 위해 변사로 취급된다.

B는 병원의 권고로 K에게 신고를 한다. 이러한 경우 신고를 받은 자는 즉시 변사 사건으로 접수된 현장에 출동하여 변사체를 검시한 다음 관할 검찰청에 변사 발생 보고를 해야 한다. 변사 발생 보고는 선택이 아니라 필수적 의무다.

145

그런데 K는 B의 부탁을 받고 아무 조치를 취하지 않는다. 직무유기다. 고마운 마음의 표시로 사례금을 건네준다. 금품수수가 이루어진 것이다. 인정으로 얽힌 시골에서 피해자의 유족이자 가해자로서 심정을 감안하면 공감이 가는 부분이 있기는 했다. 하지만 사망 사고가 이런 식으로 암장되는 일이 생기면 더 큰 문제가 야기될 수 있다. 살인 사건의 용의자는 면식범, 다시 말해 피해자의 주변 인물, 그러니까 친척이나 가족 중에서 드러나는 경우가 적지 않다. 피해자의 주검이 가족들의 반대로 부검이 저지됨으로써 사인이 은폐되는 사건들이 왕왕 발생한다. 변사 사건 절차가 엄격히 유지되어야 하는 이유가 거기에 있다.

처음 사고 운전자는 범행을 순순히 분다.

시골선 이웃 간에 찬장의 숟가락까지 헤아리고 있다. 그러니 이웃끼리는 서로 숨기려야 숨길 수 없다. 변사 사건으로 보고되어야 할 사건은 유야무야 처리되었고, 몇 년이 지나 우리 팀의 정보 라인까지 흘러 들어온다. 마침내 사건의 암장을 시도한 인물의 윤곽이 드러난다. 신병 확보 단계에서 우리 팀의 낌새를 챈 공범인 용의자가 달아난다. 거듭 설득한 끝에 자진 출석한 그를 상대로 조사가 시작된다. 본격적인 심문을 앞두고 먼저 조사를 마친 사고 운전자를 상대로 이미 했던 자백을 몇 번 더 확인한다. 그래도 안심할 수 없어 빈방으로 데리고 가 계급장을 떼고 대화를 나눈다. 사고 운전자는 사건의 암장이 틀림없는 사실이라는 취지로 못을 박는다. 사건에 연루된 용의자와 공모 여부가 확인된다.

하지만 막상 사건의 암장에 책임이 큰 공범이 사법 처리될 상황에 이르자, 사고 운전자가 심경의 변화를 일으킨다. 뒤늦게 진술을 번복한 것이다. 이제 와서 모르는 일이다고, 뻔히 드러난 사실 자체가 없다고 딱 잡아뗀다. 운전자의 과실로 아이가 사망한 것은 사실이다. 병원에 응급 후송되어 사망하였으므로 변사 사건인 데도 사고처리가 되지 않았다. 경위야 어찌 되었든 사건이 암장된 것은 기정사실이다. 그런데도 막무가내로 부인하고, 사고 운전자도 번복한 진술을 바로 잡을 기미가 안 보인다.

기소를 목전에 두고…… 수사팀은 난감해졌다. 중대한 변곡점이다.

상관이 화를 낸다. 사고 운전자를 달래보다가 엄하게 추궁해 봐도 그는 완강하게 버틴다. 계속되는 진술 번복에 분을 참지 못한 상관은 갑자기 사고 운전자의 뺨을 후려갈긴다. 순식간에 일어난 일이다. 얻어맞은 사고 운전자도, 옆에 있던 나도 할 말을 잃는다. '독직폭행'이 터진 것이다.

나는 더 이상 사건을 진행하기는 글렀다고 생각한다.

하지만 기소는 강행된다. 무리한 기소에도 사고 운전자는 진술을 번복했던 태도를 계속 유지한다. 피고인에 대한 증거는 가해자이자 피해자 유족인 운전자의 진술이 거의 유일하다. 증거 부족을 피하기 어렵다. 무죄가 선고된다.

*

그 일을 겪고 난 후…… 나는 더 이상 사건 기록들을 검토할 마음의 여력이 생기지 않는다. 간혹 가족의 뒤를 따라나서던 성당도 발길을 끊는다. 뺨을 가격한 현장의 목격자로서 그저 지켜보는데 그친 죄책감과, 무죄 판결에 대한 자책감이 겹쳐 수사관으로서 자긍심이 땅에 떨어진다.

그 무렵 인사 전보가 있다.

나는 일단 그곳을 벗어나는 것이 급선무라는 생각에 인사 대상이 아닌 데도 승부수를 던진다. 타 청으로 전보를 요청한 것이다. 2시간 이상 소요되는 거리를 매일 출퇴근해야 하는 데도, 전입 청에서는 나를 한직으로 배려하기보다는 까다로운 사건을 많이 다루는 강력부로 배치한다. 중앙에서 조폭을 때려잡는 데 일가견을 가진 강력부 베테랑 검사가 자리를 잡은 방이다. 철야 수사에 이골이 난 그는 야근을 좋아한다. 나도 거의 매일, 그것도 심야 수사를 밥 먹듯이 해야 한다. 밤중에 일을 마치고 새벽에 퇴근하는 날이 잦다.

그러는 와중에도 무죄 사건의 그림자가 나를 따라다닌다. 공교롭게도 그때쯤 개인적 불행히 나를 찾아온다. 엎치고 덮친 불행의 한복판에 선 나는 어렴풋이 이제 떠날 때가 되었다는 예감을 내면에서 감지한다. 내가 있을 곳은 여기가 아니라 바깥이라는 생각이 잠자고 있는 내 의식을 흔든다. 겹치기로 나를 찾아온 일련의 사건과 사고가 나에게 던지는 질문이다. 거기에 대해 내가 응답을 할 때가 되었다는 생각에 이른다. 내가 떠난다고 결심만 하면 내가 할 일과 머물 자리는 하느님이 마련해줄 것이라는 믿음이 자리를 잡는다. 막연하지만 그 믿음은 단단하다. 성부와 성자와 성령인 그에게 청탁하기 위해서는 어떤 제물이 필요하다. 그것은 기도였고, 벌거벗은 나의 고백이 수반되어야 한다.

나는 여러 방책을 마련했다. 내가 알고 있는 이 사건의 내막을 누설하기 위해.

가장 혹독하게 나를 벌할 수 있는 심판관을 찾는다. 성당의 사제다. 수소문 끝에 베드로 신부를 찾아간다. 교구청의 한 빈방에서 단둘이 만난다. 나는 뺨을 때리는 현장을 목격하며 묵인 방조했던 내 과오와, 무죄가 선고된 그 사건의 처리 과정에서 내가 보인 비겁하고, 용렬한 내력을 실토한다. 나는 참수당할 각오로 목을 내놓고 고백을 한 다음 사제의 처분을 기다린다. 내 고백을 묵묵히 듣고 있던 사제는 이빨 하나 드러내지 않고, 마치 별것도 아닌 것처럼 나를 안심시키며 더 밝힐 게 없냐고 다독인다. 그리고는 '상황윤리'를 예시로 꺼낸다. 태어나서 처음으로 접한 개념이다. 상황윤리는 나에게 자기 안정제 역할을 해 준다. 사제를 만나 면죄부(?)를 받긴 했으나, 그 사건으로 인한 죄책감은 앙금이 쉬이 가라앉지 않는다. 죄의식과 자책감이 나를 줄곧 따라붙는다.

*

내가 주도적으로 참여했던 사건이 무죄를 받게 되자, 나의 내면에선 수사관으로서 겨울이 시작되었다. 내가 얼마나 더 버틸 수 있을까? 나는 그동안 법전 속에 갇혀, 내 안에 웅크린 소년의 음성을 들을 수 없을 만큼 귀가 먹었다. 그 소년의 미소를 볼 수 없을 만큼 눈이 멀었다. 다시 사건을 시작하려고 했으나, 기록을 넘기다 보면 무죄 판결이 따라 나왔다. 뺨을 갈기는 장면이 내 평상심을 흔들었다. 가족들과 오랜만에 정담을 나누다가도 사건의 아우성이 초인종처럼 내 안에서 울리면 평온이 깨지곤 했다. 문밖으로 나가면 겨울 찬바람이 나를 기다리고 있었다.

　　―잠깐 갑시다.
　　―변명할 기회는 주겠소!
　　나는 생각의 안개 속으로 끌려갔다.

필요적 공범 1과 2

1은 차분하게 털어놓는다. 회사 공금을 횡령한 혐의로 의심받게 되자, 교제비로 받아 관계부서 담당관에게 뇌물로 주었다고 자백한 것이다. 어차피 횡령으로 가나 뇌물공여로 가나 처벌받기는 매한가지다. 처벌을 감수하면서 내놓는 1의 진술을 무시할 수 없다. 그쯤 되면 경청하는 게 순서다.

1에게 근거를 대라고 한다. 횡령 혐의를 빠져나가려고 변명하는 것 아니냐고 추궁한다. 1은 경험한 자만이 알 수 있는 저간의 사정을 상세히 진술한다. 들어보니 신빙성이 있어 보인다. 뇌물공여의 자백은 횡령의 변명일 수 있다. 진술과 변명을 뒷받침할 자료를 요구한다. 당시 수도권에 거주하던 1은 2와 만난 날을 기억나는 대로 진술하고는 톨게이트 영수증을 하나의 근거로 제시한다. 현금으로 건네주었으니 직접적인 물증은 없다. 속성상 뇌물죄는 은밀하게 이루어진다. 부정한 청탁을 수반하기 때문에 어두운 공간에서 벌어지고, 근거를 남기지 않으려고 현금을 쓴다.

상대가 현직 관료인데 자기 횡령 혐의를 벗으려 공직자를 모함한다고 보기에는 내 의심이 억지스럽다. 1의 표정과 언술에선 동요나 다른 냄새가 풍기지 않는다. 담담한 태도가 1의 자백을 신뢰하게 한다.

1의 진술을 토대로 필요적 공범을 2로 특정하고 탐문에 들어간다.

어떻게 말이 새어나갔는지 소환도 하기 전에 청탁부터 들어온다. 2에게 소환을 통보한다. 안 들어온다. 도주 우려와 증거를 없앨 우려가 커 D데이를 잡고 직접 찾아 나선다. 신병을 확보하기 위해서다. 하지만 2가 벌써 자리를 뜨고 사라진 뒤다. 2는 자신의 태도에서 죄를 불러들인다. 적극적으로 항변할 생각은 안 하고 무작정 도망부터 친 것이다. 유력한 용의자가 보이는 전형적인 행태다. 그가 당당히 출석하여 조목조목 반박했다면, 확대 수사를 접고 1만 처벌하는 선에서 마무리를 했을지 모른다.

만나자고 제의했으나 2가 불응한다. 계속 도망 다니면 더 의혹만 산다고 아무리 설득해도 안 들어먹고 버틴다. 일단 철수했다가 다시 2의 아지트를 알아내 급습한다. 다시 실패한다. 2는 낌새를 알아차리고 집에도 사무실에도 나타나지 않는다. 여기저기 거절하기 힘든 인맥을 동원하여 청탁이 들어왔을 뿐이다. 먼저 들어오기 전에는 선처가 없다고 단호하게 물리친다.

사면초가에 빠진 2.

결국 들어온다.

예상대로 전면부인을 택한다.

2를 상대로 나름의 검증을 시도한다. 우리는 정말이지 진실을 알고 싶다. 다른 방에서 1과 2가 만나도록 마련해 주고 자리를 비켜준다. 공범끼리 합석을 금지하는 불문율을 어기고 말이다. 2의 태도와 1의 발언으로 진실을 드러내려는데 목적을 두고.

그런데 뜻밖이다.

아니 예상대로다.

만일 1의 자백이 허위라면 2는 1의 멱살을 잡고 패 죽일 정도의 반발을 보여야 한다. 그런데도 2는 자신의 신세를 한탄하는 데 그친다. 입회한 교도관의 전언에 따르면 말이다. 정황으로 보아 금품을 주고받은 것이 충분히 의심된다.

하지만 2는 재판에서 무죄를 주장한다.

2의 변호인은 공판검사와 공방의 와중에 알리바이를 들고나온다. 1이 2를 만났다고 자백한 그날, 인근 지역에서 외부 활동에 참여했다고 주장한다. 검사의 공소를 정면으로 반박한 것이다. 설령 그렇다고 해도 1과 2가 따로 만나는 거야 한두 시간이면 되니까 마음만 먹으면 얼마든지 만날 수 있는 상황이었는데도, 그는 극구 부인한다.

재판 과정에서 돌발 상황이 벌어진다.

공여자로서 주변의 곱지 않은 눈살에 시달리던 1이 부담을 느낀 나머지 법원의 증인 소환에 불응한다. 공범자가 증인으로서 나타나지 않자, 결국 재판부는 증거 부족을 이유로 무죄를 선고하기에 이른다.

무죄가 선고되자 외부로부터 수사팀에 대한 비난의 눈길이 쏠린다. 반면 내부에서는 무죄에 대한 평정을 앞두고 차분한 분위기다. 진정한 무죄라기보다는 공여자인 1이 변심하여 빚어진 결과로, 수사상의 오류는 아니라고 분석을 내린다. 그렇지만 나로서는 일말의 무죄 가능성이라도 있었다면 스스로 용납할 수 없다는 심정이다. 죄를 추궁하던 내가 죄의식에 사로잡힌 것이다.

조직 밖에서 정보기관을 동원한 압력이 수사지휘부에 들어온다. 정보기관이 보안점검을 무기로 위세를 부리던 시절이다. 나쁜 수사관으로 매도하면서 인사 조치를 요구한다. 하지만 수사지휘부는 도리어 신임의 의미로 주요 수사 업무에 나를 배치한다. 그동안 수사관으로서 보여온 투명한 이력을 지지한 거다.

그러거나 말거나 나는 의욕을 상실하고 밀려오는 사건

에서 손을 떼고 싶다. 치밀하지 못한 나의 오류에 대해 용서가 좀처럼 안 된다. 무죄추정의 원칙을 지켜왔는지 나를 의심하기 시작한다. 실적과 성과에 눈이 멀어 내가 보려는 진실만 보려고 한 것은 아닌지. 내가 짠 프레임에 맞추어 사건을 각색한 건 아닌지. 나의 행적을 복기하고 또 복기한다. 내가 나를 용의자로 지목하고 나의 고정관념에 대해 내사를 벌인 것이다.

• 필요적 공범 : 사건의 성질상 뇌물처럼 당연히 2인 이상의 공동을 필요로 하는 범죄

산삼의 오랜 기억

　J부장의 형에게서 연락이 왔다. 마침 그의 신병을 확보하기 위해 쫓고 있던 중이었으므로 소재를 알고 싶은 욕심에 J부장의 형을 만났다. 그의 소재를 탐지할 절호의 기회라는 것이 내 판단이었다. 청사에서 멀리 떨어진 다방을 접선 장소로 알려왔다. 어두침침하고 후미진 곳이었다. 은밀한 만남에는 제격이었다. 단둘이 마주 앉았다. 다행히 손님이 우리밖에 없었다. 다방 안 공기는 담배 냄새가 진하게 배어 있었다. 영문을 모르는 마담이 상냥하게 대했다. 이전에는 이 다방 안으로 들어와 본 적이 없다. 법원 주변을 떠도는 소문이 거쳐 가는 플랫폼 같은 곳이다.

　나는 가급적 말을 삼갔다. 내가 하는 말은 그쪽에 누설되면 안 되는 수사 기밀이었으므로 되도록이면 형이 말하게 했다. 그는 내 말을 듣고 싶어 했다. 우리는 서로를 탐색하려고 만난 거였다. 형이라는 사람은 행실이 바르게 보였다. 자신의 동생이 자수하려 한다고 용건을 꺼냈다. 우선은 안

심되었다. 자수 결심은 하였으나 다음날 장인의 퇴임식 참석을 보장해 달라는 거였다. 조건부 자수였던 것이다. 나는 거절했다. 신병이 우리 수사팀 눈에 띄기만 하면 즉시 체포할 거라고 예고했다.

10개월 전, 그는 자진 출석하여 1차 조사를 받고 점심 먹으러 나가서는 그대로 도주한 전력을 가지고 있다. 변심한 그를 더는 믿을 수 없었다. 자기 장인의 퇴임식장에서 다시 심경의 변화를 일으켜 도피할 수도 있는 위인이었기 때문이다. 나는 그의 조건부 식 자수에 동의할 수 없다고 했다.

지역경제를 뒤흔드는 수십 억대 비리였다. 사고 법인의 총자산에 육박하는 피해액으로 지역사회에 일대 파문을 일으킨 사건이었다.

J 부장과 대표는 같은 법인의 간부로서 공범이었다. 대표가 먼저 구속되었으나 J부장은 조사를 받다 점심을 핑계로 도피한 상태였다. 대표는 자신만 구속된 것이 억울했다. 대표 주변에서 담당 수사관인 내 이름이 회자 되었다. J 부장과 같은 지역 출신인 내가 그를 비호하고 있다는 거였다. J 부장과 대표는 둘 다 공범인데 한 사람만 구속되고 한 사람은 도피 중이니, 내가 J 부장을 도피할 수 있게끔 도와준 것으로 오해할 만했다. 내가 아무리 해명해도 납득될 수 있는

일이 아니었다. J부장에 대한 비호 의혹을 벗는 방법은 그를 붙잡는 길뿐이었다.

내 주변의 지인과 동료들은 나를 둘러싼 소문을 걱정했다. 나 욕먹는 거야 내가 감수하면 그만이었다. 하지만 같은 유형의 다른 사건에 영향을 끼친다는 점에서 악재였다. 비슷한 규모의 사건이 여러 법인에서 줄줄이 터진 상황인데 말이다. 누구는 봐주고 누구는 엄하게 다룬다는 소문을 잠재우지 못한다면, 나머지 사건의 조사에서 반발을 불러올 것은 뻔한 일이었다. 그런 면에서 그의 신병 확보는 우리 팀이 선결해야 할 과제였다.

J부장의 형에게 경고했다. 당장 자진 출석하지 않고 시간을 끌며 수사의 동태를 살피려고 든다면 긴급체포를 위해 소재 추적을 강화할 거라고. 그의 형이 슬픈 표정으로 고개를 끄덕였다. 사실 그들에게는 선택의 여지가 없었다. 자수와 검거의 차이는 너무 크기 때문이다. 검거되면 중형을 피할 수 없지만, 자수하면 정상이 참작되어 선처를 구할 여지가 생기기 때문이다. 내 말을 다 듣고 난 그가 잠시 머뭇거리더니 어딘가로 전화를 하자 J부장이 금세 나타났다. 주변에서 나와 자기 형의 협상을 지켜보고 있었던 것이다. 장기간의 도피 생활 때문인지 그의 얼굴은 초췌했다. 병색까지 비쳤다. 피해액이 수십 억대이니 일반 기업이었다면 파산되고 남았을 규모다. J부장으로서는 자신의 전 재산을 털어도 해

결할 수 없는 액수다. 그는 몸으로 때우는 수밖에 없었다. 나머지 공범들은 뿔뿔이 흩어져 각자도생하는 중이라 도피하는 동안 잠 못 이루는 밤을 보냈을 것이다.

갑자기 안주머니에서 누런 봉투 하나를 J 부장의 형이 꺼냈다. 돌발적인 행동이었다. 내용물은 산삼이다. 다른 사람들이 알아보지 못하도록 허름한 봉투에 담아 위장한 것으로 보였다. 중국에서 밀수해온, 가격을 매길 수 없는 고가의 물건이라고 생색을 냈다. 나는 배짱이 없어선지 그런 방식의 거래에 대해 이질감을 갖고 있었다. 그동안 나를 사건 관계자로 만난 사람들은 내 고지식함 때문에 어지간히 힘들었을 것이다. 형제는 봉투의 금품성을 희석하기 위해 산삼을 대용으로 가지고 나온 거였다. 하지만 산삼이나 현금이나 어차피 금품임에는 차이가 없다. 초범이라서 그런지 수사관인 나를 호감 사는 방법이 영 서툴러 보였지만, 여러 가지로 불리한 상황에서도 자신들에게 유리한 지점을 찾아보려는 형제애를 이해는 할 수 있었다. 그렇다고 산삼을 받을 수는 없었다. 그 물건을 얼른 가방에 도로 집어넣으라고 내가 눈치를 보냈다. 그들은 나에게서 그 물건을 받았다는 확인서라도 받고 싶은 듯이 머뭇거렸다.

내가 만일 산삼에 호감을 보이기라도 한다면 형제는 안도할 것이다. 선처를 약속하는 의사표시의 다름 아니므로. 유감스럽게도 J 부장의 혐의는 사안이 중대하고 피해액이

159

워낙에 커서 선처에는 한계가 있었다. J부장이 연루된 사건은 방대했다. 수십 명이 구속되고 수백 명이 연루된 그 직역의 구조적 비리였다. 사회적인 이목을 끌어 중앙 일간지 사회면에도 대서특필되고, 국회에서도 대정부 질문에 포함될 만큼 반향을 일으켰다.

J부장은 남은 차를 바로 마시지 않고 찻잔을 꽤 오랫동안 만지작거렸다. 일부러 시간을 붙잡아두려는 것 같았다. 그는 이미 자신의 상황이 절망적이라는 사실을 인식하고 있는 것 같았다. 깊은 생각에 잠겨 다른 생각을 하고 있음이 그의 표정에서 읽혔다. 결심을 굳힌 그가 자신의 망설임을 닫고 결심의 열쇠를 형에게 건넸다. 자신을 그만 놔두고 돌아가라는 통보였다. 그의 형이 손수건이라도 꺼낼까 우려되었다. 눈물이라도 쏟으면 중간에서 나만 나쁜 놈이 되고 난감해질 테니까. 동행한 형의 표정이 일그러졌다. 자신의 동생을 위해 할 수 있는 일이 아무것도 없어서였다. 나는 형제를 다독였다. 자수하고 나면 차라리 홀가분할 거라고 했다. 잠시 동안 나와 두 형제는 서로 아무 말도 하지 못했다.

나는 그를 대동하고 청으로 급히 출발했다. 그에게 다시는 변심할 기회를 주지 않으려고 서두른 것이다. 청으로 돌아오는 그 짧은 시간, 난제가 풀렸다는 안도감과 함께 한 인간을 궁지로 빠뜨리는 것 같은 마음이 밀려와 불편하기도 했다.

자수 절차를 밟는 대로 조사가 긴박하게 진행되었다. 그가 민망할까 봐 그동안 어디서 지냈는지 캐물어보지는 않았다. 기소를 전제로, 순순히 자백하는 그에게 조서상으로는 배려하였다. 조직의 구조적인 비리이지 개인적인 착복은 아니라는 그의 억울해하는 심경과 미체포 상태인 또 다른 공범에 대한 배신감을 조서에 반영해 주었다. 법리는 충실하되 양형을 위한 자료를 원하는 대로 받아주는 식이다. 어차피 변호인을 통해 나중에라도 제출할 자료다. 우리는 마치 동업처럼 조사를 진행했다. 나는 실체적 진실을 밝히면 되는 것이고, 그는 자백을 전제로 최대한 선처가 목표였다.

J부장은 장기 구금을 마치고 마침내 출소했다. 하지만 그의 삶은 붕괴되었다. 신분이 박탈되며 가족의 몸과 마음도 부서졌을 것이다.

한두 해 지났을까. J부장이 투병하다가 생을 마감했다는 소문이 들렸다. 많지 않은 나이였다. 그가 저지른 사건이 자신을 아프게 하고, 재판이 그를 병들게 하고, 구금 생활이 그의 몸과 마음을 악화시켜 자신의 죽음을 앞당겼을 것이다. 사건이 터지고 대대적으로 수사가 확대되면서 예견된 일이기도 했다.

자신과 싸우는 노인

노인이다. 무고죄로 징역형을 선고받은 전과자다. 치료 감호까지 선고받았다. 치료 감호는 정신과적 질환이 있는 범죄자에게 유죄를 선고할 때 먼저 치료를 받고 나서 징역을 살게 하는 치료적 사법제도이다. 노인이 무고를 저지른 사연은 단순하다. 오래전 금융기관에서 대출을 받고 상환도 했다. 그런데 노인은 도리어 금융기관이 자신에게서 회수한 채무금을 반환해야 한다고 주장한다. 부당이득금 청구 소송을 제기한 것이다. 금융기관은 담당 직원을 증인으로 내세운다. 물적 증거 자료와 인적 증거를 갖추고 있는 금융기관과 달리 주장뿐인 노인이 패소한다.

노인은 재판 결과에 승복하지 않았다. 담당 직원을 위증으로 고소한 것이다. 직원의 위증이 무혐의로 밝혀지면서 노인의 무고 혐의가 드러났다. 노인은 그 후 그 직원을 위증으로 재차 고소했다. 또다시 노인은 무고죄로 형사 처분을 받아야 했다. 여러 번에 걸쳐 고소가 반복되면서 노인에게는 무고가 주요한 일과가 되고 말았다. 노인의 피해자는 그의 상습적인 무고에 이골이 났다. 그는 진절머리 난다고 했다. 그는 피해자인데도 거침없는 가해자 노인의 공세에 주눅이 들어 있었다.

노인이 줄기차게 고소와 진정을 제기하는 바람에 나에게도 노인의 사건 중 하나가 배당되었다. 처음에 나는 선입견을 버리고 노인이 제기하는 진상을 파악해 보려는 선의로 접근을 시도했다. 노인의 말을 경청하는 태도로 조사를 진행했던 것이다. 그런데 조사 중에 노인이 엉뚱한 주장을 펼쳤다. 자신이 앞에서 한 말을 모두 부인해 버리는 것이다. 자기는 그런 말을 안 했는데 내가 마치 조서를 마음대로 꾸몄다는 식으로 강변했다. 도움을 주려는 나까지 의심하면서 나와 언쟁을 벌이기도 했다. 자기 말고 모든 사람을 의심하는 피해망상과 편집증을 지병으로 가지고 있었다.

정상적인 조사가 어려웠다. 그때부터는 말이 안 되어도 그냥 그가 떠벌이는 대로 그대로 받아적을 수밖에는 없게 만들었다. 진술은 중언부언이 되고 횡설수설로 마무리되었다. 자신이 무고가 아니라는 걸 밝히는데 스스로가 걸림돌이었다. 노인에게 적은 바로 노인 자신이었다. 자기 억울함을 밝히는데 자기에게 발목이 잡히고 자기 발에 걸려 넘어진 꼴이다. 피해자인 상대가 있는 사건이고 두 번 넘게 판결로 밝혀진 사안이라서 이번에도 무고의 책임을 면하기 어려웠다. 결국 무고죄로 다시 구속되는 상황에 이르렀다. 그러자 나에게 저주에 가까운 악담을 퍼부었다. 유치장 안에서도 나를 험담한다는 소문이 들려왔다. 인사철에 내가 정상적인 절차로 발령이 나서 다른 청으로 전출했는데도 자기 때문에 내가 타 청으로 쫓겨났다는 식으로 가짜뉴스를 퍼뜨리고 다녔다.

*

노인은 일종의 확신범이다. 누구의 말도 듣지 않고 믿지도 않는다. 심지어 가족이 만류해도 고소를 멈추지 않는다. 지역의 법조계에서 노인은 유명 인사가 되었다. 노인이 나타나면 슬슬 피하거나 자리를 뜬다. 기피 인물이 된 것이다. 그의 실체를 아는 법률사무소에서는 고소장 작성 대행마저 모두 거절하는 형국이다. 관내에서 고소장을 작성할 수 없게 되자, 인근 도시로 원정을 가서 작성해오기도 한다. 조사 과정에서 노인은 자신이 무슨 이야기를 하는지도 모르고 기계적으로 자기 확증편향에서 조립된 말을 뱉어낸다. 노인은 귀를 닫아놓고 자신의 입만 사용한다. 듣는 기능은 아예 상실한 듯 나무 인형과 대화하는 기분이다. 듣거나 말거나 자기 말만 한다. 노인의 상대자인 나는 말문이 막힌다. 눈빛에서는 고집이 묻어난다. 노인과 대면하면 그의 눈빛과

목소리에 압도를 당한다. 몇 번의 징역살이를 하면서 노인은 투사가 된다. 바위 같은 법전을 향해 돌진하는 노인은 그때마다 자신이 부서진다. 징역을 마치면 노인은 한동안 두문불출하면서 몸을 추스른다. 그러다 잊을 만하면 다시 법조타운 주변에 등장한다.

고소장은 노인에게 창칼과 같은 무기이다. 노인은 법과 싸운다고 강변하지만, 사실은 자신과 싸우고 있다. 자신의 고집과 싸우고 있다. 하지만 아무도 노인의 신념을 알아주지 않는다. 자기 자신만 자기를 인정할 뿐이다. 자기만 옳고 주변 사람들은 다 틀리다고, 노인은 굳게 믿고 있다.

노인은 과거의 사건 속에 자기를 빠뜨려 놓고 나올 생각을 안 했다. 자신만이 진실하다고 고집하는 노인은 법이 자기편이여야 정의가 구현된다고 우겼다. 노인의 문제를 풀 수 있는 열쇠는 노인 자신이 쥐고 있었다. 자신을 잠가놓은 자물쇠도 자기 자신이다. 자신의 고집 때문에 자신을 설명하지도 못한 채 노인은 자신을 소모시키고 있다.

노인은 진실을 찾고 있다. 피해자의 손을 들어준 진실은 더 이상 노인의 손까지 들어줄 수는 없다. 진실은 한쪽 손을 들어주면 다른 쪽은 들어줄 수 없는 성질머리를 가지고 있다. 자신 때문에 자신이 구속 위기에 놓여 있는데도 노인은 삐뚤어진 신념을 붙잡고 있다.

오래된 책처럼 반복된 재판을 거치며 중고 서적처럼 낡아빠진 그는 너덜거린다. 아니다. 실은 법전의 틀 안에 갇힌 우리가 그를 오독하고 있는지도 모른다. 최후의 심판에서는 우리가 유죄라고 재평가를 받을지도 모른다.

토마 씨의 묵비권

토마 씨는 타지 출신이다. 그가 구사하는 말투에 영남 사람 특유의 억양이 짙게 배어 있었다. 토마 씨는 노모와 처자식을 거느리고 살았다. 토마 씨는 옆 동네 살았는데 그 일가의 사투리는 사람들 눈에 띄었다. 전라도 방언 사이에 섞이는 그들의 사투리는 주목받기에 충분했다. 토마 씨 모자는 온순한 성격을 지니고 있었다. 내 것을 남에게 뺏길망정 남의 것은 쌀 한 톨 넘볼 줄 모르는 위인들이다. 토마 씨는 술을 좋아했다. 탁주를 주로 마셨다. 그래봤자 일할 때 마시는 농주였다.

토마 씨가 한동안 안 보였던 때가 있다. 쥐도 새도 모르게 정체를 감추고 지냈다. 일 년 남짓 지나 그는 다시 모습을 드러냈다. 공안 문제를 다루는 모처에 끌려갔다 왔다는데 그 집안에선 쉬쉬했다. 하지만 소문은 틀어막을 수 없는 것, 조금씩 집 밖으로 누수 되었다. 대공 기관에 끌려갔다 온 거였다. 반공법 위반인가 하는 죄목에 걸려들었다. 국가의 금기를 건드렸다는 것이다.

술김에 동네 친구랑 입씨름을 벌이다가 토마 씨가 대뜸 김일성이 자기 집안 할아버지뻘이라고 우겼다. 그 일로 사달이 난 거였다. 한낱 촌극으로 그칠 일이 용공 사건으로 둔갑되고 국가의 중대사로 치달은 것이다. 같은 성 씨이고 본관이 같다면 공통 조상으로 모시는 성씨끼리 문중이라는 언급이 틀린 건 아니다. 하지만 당시의 시대적 분위기가 김일성의 이름을 입에 올리는 것조차 터부시하였다. 김일성에 관한 한 농담도 용납되지 않던 동토였다.

그 시절 반공은 하나의 종교였다. 반공은 곧 반김일성주의였다. 친김일성은 이단이었다. 김일성과 같은 김 씨임을 내세우는 것도 반동이었다. 간첩을 잡으라고 국민이 위임해 준 법이 아가리를 벌리고 아무런 힘도 없는 촌뜨기 국민을 표적으로 삼았다. 약자 중의 약자인 토마 씨를 겨냥한 법은 강한 면모를 보였다. 그 사건이 벌어지기까지 토마 씨는 나랏법이 자기를 지켜줄 거라고 믿었다. 한밤중에 끌려가 고초를 당하고 나서 그는 생각이 바뀌었다. 국가도, 법도 결코 자기를 지켜주는 선량한 보호자가 아니라고. 겪어보니 괴물 중에서도 냉혹한 괴물이었다.

토마 씨와 취중에 입씨름을 벌인 동네 친구의 형제가 하필 대공 기관 소속이었다. 토마 씨의 실언에 기관원의 형은 엄중하게 대응했다. 그는 도덕군자의 훈화대로 행동하기를 고집하는 어린애처럼 굴었다. 술김에 애국심이 발동한 그는 토마 씨를 한밤중에 신고하고 말았다. 기관원의 빽이 작동하였는지 시골 주막에서 터진 우발적 촌극은 일사천리로 진행됐다. 촌부들의 취중 농담이 반공법 위반으로 비화된 블랙코미디였다. 색안경을 끼고 있다는 이유만으로 색안경을 끼고 보던 시절이었다. 모두가 서로를 감시하고 걸핏하면 붙잡혀 갔다. 이유 없이 잡혀가도 서로를 묵인했다. 누구도 나서서 제지하려고 안 했다. 붙잡혀 갔다가 돌아온 사람은 아무 죄가 없어도 사람들에게 왕따를 당해야 했다. 어거지로 준법서약서를 써야 풀려날 수 있던 피해자를 너도나도 슬금슬금 피해 다녔다. 국가라는 몸통이 병들어 있는데 영혼 격인 국민은 아무 일도 없는 것처럼 애국가를 기어코 4절까지 불러야 직성이 풀렸다. 애먼 사람을 잡아들여 조지는 게 국가의 본성이거늘 너도나도 애국하려고 안달이 났다.

토마 씨는 얼마 동안 감방살이를 하고서야 풀려났다. 빗나간 애국심이 토마 씨의 청춘을 무너뜨렸다. 한 일가의 평화를 송두리째 앗아간 것이다. 자신의 죄가 뭔지도 모르고 그는 죄인이 되었다. 단순한 실언에 그친 한 필부의 삶을 국가는 엉망으로 만들어놓았다.

토마 씨는 거기서 나온 뒤로 말이 줄었다. 평소에도 말수가 적었던 사람인데, 적은 말수마저 더 줄어들었다. 대신 술이 친구 노릇을 했다. 동네 친구를 잃었으니 그에게 친구는 술밖에 없었다. 그를 신고했던 동네 친구는 웬일인지 일찍 죽었다. 토마 씨는 그보다 더 오래 살며 그 친구의 빈소를 지켰다.

암껏도 몰랐던 나는 토마 씨가 술을 좋아해서 마신다고 생각했다. 실은 자신의 내부에 잠복 중인 공포를 보여주고 싶지 않아서 술 뒤에 숨은 것인데. 그는 하루 중 절반을 술과 함께 보냈다. 나머지 절반은 술을 깨는데 할애했다. 술에게 잘 보이려고 태어난 사람 같았다. 공포 때문에 그는 술에게 자신을 맡길 수밖에 없었다. 그는 온 힘을 다해 기억 속에 새겨진 공포 자국을 지우려 애썼다. 그럴수록 지워지지 않는다는 사실도 알았을 것이다.

아직은 어린 나이였지만 사정을 알고 난 뒤 토마 씨를 볼 때마다 측은지심이 발동했다. 움푹 들어간 토마 씨 눈에 매복해 있는 어떤 슬픔이 내 눈에 밟힌 것이다. 다친 사람은 토마 씨인데 지켜보는 내가 아파서 그를 오래 바라볼 수 없었다.

토마 씨는 자신이 당한 사건에 관해서는 입을 다물었다. 그의 입에서는 억울하다는 탄성 한 번 나온 적이 없다. 자기를 신고한 친구를 원망한 적도 없다. 끝까지 그는 침묵

을 고수했다. 세상을 향해, 자신의 삶에 대해 그는 묵비권을
행사한 것이다.

닥치고 내사 중지

변두리 삼거리는 통행하는 차량만 많을 뿐 걷는 사람의 왕래는 뜸하다. 한적한 그곳에 육교가 등장한다. 오가는 길에 그 육교를 이용하는 사람을 본 적이 아예 없다. 삼거리에 장승처럼 버티고 서 있는 육교는 모두에게 웃음거리가 된다. 그곳을 지나는 사람마다 육교를 향해 한마디씩 던진다.

'왜 저기에 육교를 세웠을까?

'알다가도 모르겠군!

높이며 폭이며 삼거리에 걸쳐 있는 육중한 규모는 막대한 예산이 소요되었음을 설명하고 남는다. 육교 자체보다는 그것을 세운 배경이 문제로 보였는데 정작 그들은 익명 속에 숨어있다. 육교 혼자, 전면에서 욕바가지를 뒤집어쓰고 있다. 몇 달이 지나자 육교에 풀이 무성하게 자란다. 사람들 발길에 짓밟히지 않고 무료하게 지내니 벌어지는 현상이다.

아무 쓸모 없는 육교의 건설을 기획하고 막대한 예산을

쏟아 부은 자들이 대체 누구일까.

육교에 대한 비난 여론이 비등해지고 그 명분을 단서로 삼아 우리는 내사에 착수한다. 탐문 절차를 거쳐 주관기관 으로부터 관계 서류를 임의로 제출받는다. 당시만 하더라도 공공기관의 경우, 압수보다는 임의제출이 관행이었다. 제출 받은 서류를 검토한 지 며칠째 되는 날, 주임검사가 나를 찾 는다. 다짜고짜 기록을 돌려주겠다고 한다. 상급청 검사장 의 지시라고. 서류에 대한 검토를 마치는 대로 돌려주기로 한 뒤 나머지 자료에 대한 정밀 분석을 서두른다.

다음날 주임검사가 또다시 나를 부른다.

서류를 반환했는지 검사장한테서 확인 전화가 왔다는 거다. 서류검토가 끝나는 대로 반환한다고 보고하자, 검사 장이 노발대발하면서 당장 서류를 돌려주라고 강경하게 지 시를 했다는 것이다. 한마디 납득할 만한 설명조차 없이 까 라면 까라는 식이다. 내사를 중단하라는 압력을 행사한 것 이다. 부당한 지시다. 직권남용이다. 형사법 어디에도 내사 중인 기록을 무조건 돌려주라고 지시할 권한이 검사장에게 는 없다.

나는 투덜거림으로 따진다. 하지만 누구도, 감히, 검찰 의 꽃이라는 검사장 나으리에게 항명할 만한 기백은 없다. 결국, 제출받은 지 일주일도 안 되는 서류를 돌려주어야 한

다. 육교 문제에 책임을 추궁당할 위치에 있던 당사자들은
쾌재를 부를 거다. 검사장이 해당 기관장과 동문 선후배라
는 소문이 떠돈다.

내사를 접은 지 몇 달 지나 육교를 철거하는 공사가 진
행된다. 나 홀로 1인 시위라도 하는 것처럼, 말없이 예산 낭
비의 전형을 온몸으로 보여주던 육교는 우리 앞에서 그렇
게 사라진다. 육교를 기획하고 시행한 기관의 책임자들이
부랴부랴 서두른 결정이었을 것이다. 그 짓을 벌인 기관 스
스로 잘못 세운 육교를 재평가한 수습의 일환이었을 것이
다. 육교의 규모에 비추어 철거하는 비용도 만만치 않았을
것이다.

그 지경이 되도록 육교의 건설 및 철거를 시사 문제로
다루는 언론 매체는 나타나지 않는다. 육교가 사라지고, 관
련 서류도 반환되고, 육교 비리 의혹은 시간 속에 묻혀간다.
육교를 쓸데없이 세우며 예산을 낭비한 그들이 누구인지,
그 과정에서 어떤 거래가 장막 뒤에서 이루어졌는지 하나도
밝히지 못한 채 사건은 암장된다.

*

육교가 그 자리에 있었다는 사실마저 사람들 기억에서
사라지고…….

몇 년이 더 흘러 나 또한 다른 청으로 근무지를 옮긴

어느 날, TV를 보는데 육교 사건 무마의 배후였던 문제의 그 검사장이 화면에 재등장한다. 어느새 그는 국회의원으로 변신해 있다. 거기서 그는 정의와 진실을 부르짖는 지도자 행세를 하고 있다. 정부를 상대로 예산 낭비를 추궁하는 그의 태도에 나는 실소가 터진다. 전 국민을 관객으로 방영된 여의도 판 희극에서 그는 누군가 써주었을 자신의 대본을 읽고 있다. 베껴 쓴 진실을 마치 자신의 이야기처럼 낭독하고 있다.

어떤 현행범

수사관으로 일할 때 만난 꼴불견이 있다. J 선배는 그런 부류 중 하나다.

고소장이 접수되면 차장검사 또는 지청장이 각 부에 배당하고, 부장이 다시 각 검사실에 배당한다.(검경수사권 조정 이전의 방식이다.) 주임검사는 자기 방 소속 수사관 중 한 명에게 기록을 넘겨준다. 대개의 검사실은 수사관 2, 3명으로 구성되어 있다. 수사관은 배당받은 기록에 대해 주임검사로부터 법리 검토와 개략적인 수사 방향을 전달받고 그걸 토대로 기록을 검토한 다음 조사계획을 세우고 출석 통보를 한다. 수사기법상 고소인을 첫 번째 부른다. 고소 내용을 고소인과 함께 확인하고 고소 취지를 명확히 하며 증거 유무를 확인하기 위해서다.

이야기는 25년 전으로 거슬러 간다.

한 고소장을 주임검사로부터 넘겨받은 당일, J 선배가

구내전화를 한다. 대뜸 만나자기에 내가 있는 조사실로 오랬더니 굳이 복도에서 잠깐 보자고 한다. 선배라고는 하나 사적으로 커피 한잔 나눈 적 없는 사이이고, 같은 실과나 검사실에서도 근무한 적이 없다. 무덤덤한 사이다.

자기가 볼일이 있으면 나를 찾아오면 되지, 바쁜데 왜 복도까지 끌어내고 난리야. 나는 투덜거리며 나간다. 그가 만남의 장소로 택한 복도는 옆 동 본관과 경계쯤 되는 곳으로 남들 눈에 안 띄는 일종의 사각지대다. 아직 건물에 CC-TV 같은 건 설치되어 있지 않은 아날로그 시절이다. 그래도 다른 사람에게 우리의 만남을 노출하고 싶지 않다는 걸 암시하고 있다. 보통 이런 경우 사건 부탁할 것이 뻔해 그를 볼멘 표정으로 맞는다.

선배는 다짜고짜 '아무개' 고소 사건 배당받았느냐고 묻기에 나는 그렇다고 한다. 역시 사건이나 부탁하려는 것이로군, 이라고 생각하는데 그가 용건을 꺼낸다. 자기가 고소인과 잘 아는 사이인데 사건을 잘 처리해달라는 부탁을 받았다고 장황하게 청탁 내용을 밝힌다. 아예 조사 방향까지 정해서 브리핑을 하며 속내를 드러내는 거다.

거기까지는 그래도 좋다.

어쩌다 피치 못할 부탁을 받을 수 있고, 부탁을 할 수도 있으니까. 수사관이야 듣기만 하고 법대로 하면 그만이니까.

그는 거기다 한술 더 뜬다.

고소인한테 미리 사례금을 받아두었다고, 명색이 담당 수사관인 나에게 버젓이 공개하는 거다. 자신의 범행을 자백하는 꼴이다. 그러니 나더러 어쩌라고. 그는 나도 자기처럼 그 돈을 나누어 갖고 내 영혼도 팔아넘기라고 복도로 불러낸 것이다. 사건이 끝나고 나면 그 돈 중 일부는 자기가 먹고 일부는 나에게 줄 것이니, 즉 선불로 받아두었으니, 그리 알고 적당히 처리해달라는 취지로 대놓고 청탁을 한 거다. 나는 얼굴이 다 화끈거린다. 그를 만났다는 사실 자체가 불쾌하다. 내가 만일 그 자리에서 그의 부탁을 수락하거나 은근히 묵인하는 태도라도 보인다면, 그는 회심의 미소를 지으며 돌아갈 것이 뻔하다. 고소인에게는 냉큼 연락하여 수사관을 만나 조치하였으니 걱정 말라고 안심시키며 그 금품의 소유권이 자신에게 귀속되었음을 기정사실로 할 판이다.

나는 일부러 퉁명스럽게 대답한다. 위악의 카드를 꺼낸 것이다. 부탁을 들어줄 수도 없거니와 두 사람 간의 거래는 나와는 무관한 일이니 그건 알아서 할 일이라고. 그는 혀를 차는 투로 나를 한심하게 본다. 젊은 사람이 융통성이 없고 꽉 막혔다는 듯이 딱한 표정으로 내려본다. 나는 더 이상 그와 말을 섞는 것도 싫어 그 자리를 서둘러 벗어난다.

사건은 기왕의 매뉴얼에 따라 조사를 마쳤을 것이다.

아마도 고소인에게는 오해를 불러일으킬까 봐 기본적인 친절도 베풀지 않고 오히려 냉담하게 대했을지 모른다. 기억의 배반 때문에 이제 와서 특별히 생각나는 내용은 없다. 전형적인 고소 사건의 편람대로 처리되었을 터이니.

그곳을 떠나기 전까지 J선배와 사적으로 자리를 함께한 기억은 없다. 그가 문제의 선금을 어떻게 처리했는지도 알 길이 없다. 사건의 처리 방향을 숨죽이며 지켜보다가 처리결과가 고소인에게 유리한 방향으로 나오지 않자, 눈물을 삼키며 돌려주어야 했을 것이다.

나는 곧 다른 청으로 자리를 옮겼고, 전근한 청에서 몇년 더 머물다가 새파랗게 젊은 나이에 검찰을 떠났다. 나는 문학에 대한 갈망으로 검찰을 떠나기는 했지만, 어쩌다 맞닥뜨리게 되는 꼴불견도 내가 검찰을 떠나게 만드는 요인 중 하나로 작용했을 것이다.

*

야인으로 돌아와…… 법무사로 일하던 어느 해 봄날이다.

지방의 유력한 단체의 모임에 초대받았다. 행사가 진행되는데 눈길을 끄는 장면이 포착되었다. 바로 J선배다. 그는 거기에서 임원으로 발탁되어 매우 엄정한 말투로 어떤 현안을 발표하고 있었다. 그가 임원직을 수행하는 그 단체의 수

준이 짐작할 만했다. 갑자기 잊어버리고 지낸 수십 년 전 복도가 기억의 무대로 떠올랐다. 고소 내용도 모르고 고소인도 기억나지 않지만, 장면 하나가 선명히 떠올랐다. 그는 그날의 사건을 까맣게 잊어버렸을 것이다. 만일 그에게 비일비재한 일 중 하나였다면, 그가 주 무대인 그 사건에서 나는 한낱 단역에 불과했을 것이니.

그 유력한 단체의 만 좌중 앞에서 J선배는 자못 진지하게 정의 따위를 설파하였다. 거기에서 그는 정의를 모욕하는 현행범이었다. 나는 그날 정의가 모욕당하는 현장을 목도한 것이다.

어처구니없는 살인

청년은 군대를 전역하고 마땅한 일자리가 없어 하릴
없이 놀고 있었다. 동정의 눈길이 싫어 주로 저녁에 움직였
다. 모두가 자기를 주목하는 것 같아 마땅히 얼굴을 내놓고
갈 곳도 없었다. 구멍가게가 있는 삼거리를 다녀오는 게 외
출의 전부였다. 자기를 보고 웃는 사람은 비웃음으로 받아
들였다. 웃음을 지우고 바라보는 사람은 냉대하는 걸로 오
독했다.

그날 청년은 담배를 사려고 구멍가게에 들른다. 가게
안으로 들어가는데 주인은 안방 문을 열어둔 채 누워 TV를
보고 있다. 손님이 들어가는 데도 본체만체한다. 주인은 중
년의 여자다. 내 돈 내고 정당하게 물건을 사는 데도 손님
을 응대하는 주인의 태도가 건방져 보인다. 아무래도 백수
로 지내는 자신의 처지 때문인 것만 같다. 지폐를 안방 입
구에 던지고 담배를 집어 들고나올 때까지 주인은 누운 자

세 그대로다.

돌이켜보니…… 평소에도 주인이 자신을 그런 식으로 대했던 기억이 차례로 떠오른다. 다른 손님이 왔다면 저랬을까 싶다. 양복을 차려입고 계급장이 빛나는 손님으로 갔다면 벌떡 일어나 굽실거리며 맞았을 것이다. 얼마 전 취업 문제로 주변 지인들에게 멸시를 받던 기억이 오버랩 된다. 자신의 초라한 처지와 주인의 태도가 비례한다는 생각에 이른다.

가게를 나와 집으로 가려는데 생각할수록 화가 치민다. 하필 그런 때 남존여비가 슬그머니 끼어든다. 손님이자 한 남자로서 여자에게 깡그리 무시당했다는 모멸감으로, 집에 간다고 해도 쉬이 잠이 올 것 같지 않다. 그렇지 않아도 불안정한 진로 문제로 불면의 밤을 지새고 있는데 그대로는 발길이 떨어지지 않는다. 주인에게 돌아가 서운하다고 한마디 쏘아붙여야 직성이 풀릴 것 같다. 발길을 되돌려 가게로 다시 들어가는데 주인은 흘끔 넘겨볼 뿐, 또다시 무관심한 표정으로 본체만체한다. 대놓고 없는 사람 취급한다는 걸 확인해 주고 있다.

—나, 너, 무시해! 알았니?

주인의 태도가 그것을 여실히 대변하고 있다. 순간적으로 화가 머리끝까지 치밀어 오른다. 자기도 모르는 사이, 신발을 신은 채 안방으로 뛰어 들어간다. 둘러보니 윗목 쪽에 반짇고리가 보이고 어떤 물체 하나가 반짝 빛을 내며 자기에게 손짓을 한다. 자기의 손길을 기다리는 표정이다. 가위는 주인이 헝겊을 자르던 도구일진대 별안간 흉기로 돌변한다. 어서 집어 들라고 이성을 장악해 버린 악마가 그를 부추긴다. 벽에 걸린 시계 초침이 두 번 정도 움직이는 그 짧은 순간, 그 자신도 모르는 어떤 일이 진행된다. 이것은 그의 인생극장에서 예정에 없던 대본이다. 생사가 분기점에 놓인 그 찰나, 영문도 모르는 주인이 제지할 틈을 놓친 사이 그가 가위를 집어 들고 주인에게 다가가, 그녀의 얼굴을 이불로 덮어씌운 채 그녀의 배를 향해 가위를 내리찍는다. 현역병일 때 특수임무를 수행하던 빛의 속도로 전개된다.

아주 깊이, 있는 힘껏, 찍고 찍는다.

한 번에 그치지 않고 몇 번이고, 반복해서, 찌르고 또 찌른다.

그동안 남자 안에 배태해 있던 멸시와 냉대와 무관심과 무시를, 고여 있던 울분을 파묻으려는 듯 가위로 삽질을 한다. 남자가 작업을 마칠 때까지 주인은 미동도 않는다. 벌써 숨이 끊어졌는지, 아직 숨이 붙어 있는지, 확인할 엄두가 안 난다.

자신도 모르는 사이, 자기를 말릴 틈도 없이, 자기 속의 어떤 짐승이 저지른 일이다. 안방을 나와 동네 안길 쪽으로 뛰어가는데, 자기를 끌고 가는 살인자가 바로 자신이다. 이대로 가면 안 될 것 같다. 남자의 영혼을 무단 점거했던 악마가 빠져나가고, 사람으로 돌아오자 두려움이 앞선다.

　—어서 도망가야 해!

　흉악범에서 다시 백수로 돌아온 자기에게 매달린다. 산쪽으로 발길을 돌린다. 그는 그렇게 백수에서 살인자로 전직하였다가, 다시 백수로 복귀하여 도망자가 된다. 불과 십여 분 사이에 벌어진 참극이다. 담배 두 개비를 피우며 분노를 가라앉혔다면 피할 수 있는 일이다. 담배만 떨어지지 않았다면 그 집에 갈 일도 없고, 그녀의 무시와 부딪칠 일도 없었다. 담배가 웬수다. 담배가 공범이다. 아니 담배가 주범이고 그는 종범이다.

　도피 행각은 하루도 못 가 그친다. 노련한 형사들에게 붙잡힌 것이다. 초보 살인자는 강력계 베테랑들에게 적수가 될 수 없다. 실은 필사적으로 도망갈 생각도 없다. 우발적인 사건으로 사전에 죽이려는 계획도, 사후에 도피할 계획도 갖고 있지 않은 채 우발적으로 벌인 일이다.

*

　피 묻은 기록과 함께 사회 이목을 끄는 사건의 주인공으로 그가 우리 방에 송치되었다. 처음 대면한 인상은 너무도 평이했다. 사건기록에서 풍기는 살인범의 선입견이 차라리 실망스럽기까지 했다. 나는 그가 자신의 범행을 극구 부인할 거라는 예단으로, 잔뜩 벼른 채 검투사 복장을 하고 그를 맞이했다. 예상과 달리 흉악범의 모습은 온데간데없다. 자신을 송두리째 털린 영혼이 떨고 있었다.

김이 팍 샜다.

그를 대적하기 위해 수사관으로서 무장했던 긴장과 위악적인 표정을 해제했다. 살기라고는 찾아볼 데가 없는 시골 청년의 모습뿐이었기 때문이다. 조사는 순조로웠다. 그는 경찰의 기본적인 수사 내용을 전적으로 인정했다. 변명은커녕 자신을 나무라는 투로 개전의 정이 현저했다. 더는 추궁할 것도 없었다. 유일한 자백 외에도 그날의 가위가 현장에서 발견되었다. 수거된 머리카락과 살인의 낙관처럼 찍혀 있던 족적도 모두 동일한 것으로 판명되었다.

증거는 차고 넘쳤다.

유죄를 입증하고 공소를 유지하는 데 아무런 문제가 없었다. 문제는 다른 데 있었다. 그가 살인범으로 보이지 않는다는 거였다. 수사관인 내 눈에 그는 낯선 세계에 불시착한 이방인의 모습이었다. 그는 자신의 범행을 태연히 자백하는데 그치지 않고 당시의 행적을 남김없이 묘사해 냈다.

주인에게는 알량하게 보였을 테지만 그에게는 납덩이보다 무거웠을 자존감이 무너진 후, 그는 기어코 운명이 써준 대본에 맞추어 살인의 배역을 소화해 내고 말았다. 1급

초보 살인범. 그는 평범한 청년이었다. 우리들의 옆집에서 언제라도 만날 수 있는 갑남을녀 중 하나였다.

주인 여자의 죽음은 청년의 생애에서 가장 큰 사건이다.

나는 청년이 그녀를 어떻게 죽였는지를 구증하기보다는, 그녀를 왜 죽이게 되었는지에 대해 관심을 기울였다. 살인을 부른 악마는 어디로부터 그에게 질주해 왔는가. 참을성이라고 불리는 인내의 제동장치는 왜 거기서 고장이 났는가. 매일 매 순간 삶이 운행이라고 한다면, 자신의 인내를 점검하지 못한 악의를 그에게만 추궁할 수 있는가. 그를 삶의 초보 운행자로 고용한 이 세계는 책임이 없는가.

빨간 장갑

강력부에서 일할 때 나에게 배당된 사건이다. 피해자의 가족이 제출한 진정서였다. 피해자의 유족으로서, 사건의 전후 사정을 탐문하여 경찰의 부실한 조사를 조목조목 지적한 내용이었다.

피해자는 변두리 작은 주점의 주인이다. 유력한 용의자가 있기는 했다. 면식범이다. 주점 고객으로 주인과 절친으로 지내던 연하의 손님이다. 용의자는 주인에게 천만 원 정도 채무를 부담하고 있다. 그 무렵 변제 독촉을 받고 있던 것으로 보인다. 빚 갚으라는 채권자의 성화가 자금 사정이 어려운 채무자라면 피살 동기가 될 만하다. 하지만 알리바이가 성립되어 용의자는 경찰조사에서 빠져나간다. 자신에게 좁혀오는 수사관의 주목에서 탈출할 수 있는 용의자의 유일한 무기는 알리바이인데, 그는 가진 게 알리바이밖에 없다.

현장에서 발견된 빨간 장갑은 근처 주유소에서 사은품으로 배포한 물건이다. 지문을 남기기 않기 위해 주유소에서 얻은 장갑을 끼고 현장에 잠입한 범인의 검은 속내를 장갑이 대변하고 있다. 요즘 같으면 디지털 기술을 총동원하여 휴대폰을 소지한 범인의 일거수일투족을 훔쳐볼 수 있다. 과학적인 수사가 가능한 것이다. 하지만 사건이 발생한 90년대 중반만 하더라도 디지털 기계가 폭넓게 보급되기 전이다.

유력한 용의자 중 하나였던 그 사람을 다시 부른다. 이미 경찰의 매서운 조사를 통과하였던 그는 우리의 재차 추궁에 미리 대비해 출석하고, 별다른 동요의 기미를 노출시키지 않는다. 담담한 그의 태도가 오히려 증거처럼 느껴진다. 동기로 봐서는 사건을 야기할 만하다. 육감적으로 여러 정황상 그가 범인이라면, 사건의 그림이 완성될 것으로 보인다. 하지만 알리바이는 그에게 막강한 배후가 된다. 그것을 깨뜨리지 못하는 한 그를 추궁하는 우리가 궁색하다. 과거의 기록을 뒤져 아주 작은 단서라도 유족에게 찾아주려 하지만, 알리바이를 앞세워 당당히 나타난 용의자의 변명 앞에서 우리는 더 이상 아무것도 발견해 내지 못한다.

강력 사건은 날쌘 짐승과 흡사하여 한 번 방향을 잃으면 더 이상 용의자의 꼬리를 잡을 수 없다. 추가 증거 없이는 유일한 자백도 재판에서 인정받지 못하는 마당에, 철저히 부인하는 그를 피의자로 다룰만한 명분도, 증거도 부족하다. 만일 진술 내용이나 태도에서 사소한 흠이라도 보이기만 하면, 그것을 빌미로 그를 유력한 용의자로 편입시켜 재수사의 전선을 확대하겠다고 다짐했다. 야심 찬 각오로 그를 소환했던 것이다. 애석하게도 우리의 작전은 실패한다. 유력한 용의자였던 그를 돌려보낸 후 싸움에서 진 느낌이다. 우리가 가진 수사력을 다 동원했는데도 눈앞의 용의자를 속수무책으로 돌려보내는 꼴이라니.

모름지기 수사관이라면 아무것도 아닌 것 같은 단서조차 놓치지 않아야 사건 속에 깊이 파묻혀 있는 진실의 근처에 접근할 수 있다. 사소한 부주의는 진실이 자취를 감출 수 있도록 도와준다. 한눈팔다가는 사건의 방향이 전복되어 버리는 것이다. 돌이켜보면 나는 수사관으로서 자주 방향을 잃고는 했다. 해도 되는 것과 해서는 안 되는 것을 잘 구별하지 못했다.

수단과 방법을 가리지 않고 수사를 벌였다면 자백을 받아냈을지 모른다. 인구에 회자하던 '살인의 추억' 같은 방식대로 고문 같은 걸 사용했다면 일찌감치 사건의 열쇠를 확보했을지 모른다. 하지만 고문의 도움으로 받아낸 자백으로 드러나면 그 진실은 법정에서 배척되고 무죄가 선고된다.

뿐만 아니라 고문으로 자백을 받아낸 수사관은 패가망신한다. 천 명의 범인을 놓치더라도 한 명의 무고한 피의자를 만들지 말라. 형사소송법 대원칙이다. 그렇다고 해도…… 수사현장에서 일을 하다 보면 유혹을 받곤 한다.

실체적 진실을 밝혀내고 싶은 충동, 다시 말해 공분감에 사로잡히게 되면 말 안 듣는 용의자나 피의자를 상대로 몇 대 패주고 싶은 때가 비일비재하다. 그런다고 그 감정을 억누르지 못하고 주먹이라도 날렸다가는, 그런 수사관은 범인과의 싸움에서 대패한다. 반칙을 범한 그는 퇴장을 당할 뿐 아니라 피의자를 함부로, 부당하게, 다루었다는 혐의로 수사관 자신이 피의자 신분을 면하기도 어렵다.

*

수사기관이 쳐놓은 성긴 수사의 그물망에서 유유히 빠져나간 빨간 장갑은 지금도 어느 도시 골목을 활보할지 모른다. 빨간 장갑은 그 자체로서 흉기인데도 우리는 그걸 모른 채 그를 이웃으로, 혹은 옆에서 일하는 동료로 둔 채 같이 웃고 떠들 것이다. 빨간 장갑을 언제 다시 낄지 모르는데도 말이다. 아니 아무도 모르는 가운데 벌써 그는 빨간 장갑을 끼고 또 한 번 일을 치렀는지도 모른다. 그가 빨간 장갑으로 일을 다시 치렀다는 사실도 모른 채 우리는 그와 합석하여 건배를 청하고 있는지도 모른다.

수사관의 무기와 흉기

　주범은 지역에서 활개를 치던 조폭의 보스로 알려진 인물이다. 그자가 도피한 상태에서 사건이 지지부진하게 이 방 저 방을 떠돌다가 내가 수사관으로 부임한 강력검사실에 배당되었다. 주임검사가 나에게 기록을 맡기면서 나는 그 사건의 조사 담당이 되었다. 보스로 불리는 그자는 지역의 명문고 출신이다. 내가 일하는 주변에도 그자와 동문이 다수 포진되어 있었다. 사건이 내게 배당된 건 우연만은 아닌 듯싶었다. 학연과 지연으로 조사를 맡길 적임자를 찾지 못하다가 아무 연고도 없는 내 차지가 된 것으로 보였다. 관련자 누구에게도 빚진 게 없는 나는 내 고유의 방식대로 밀어붙였다. 막상 조사에 착수하였으나 진상을 밝히는 데 필수인 주범이 도피 중이라 일단 피해자를 먼저 불렀다. 지역에 거점을 두고 있는 유망한 향토기업을 상대로 은근히 협박해서 금품을 노린 사건이다. 피해자인 기업의 대표를 처음 소환했을 때 그는 조사에 협조하기를 꺼렸다. 그도 그럴 것이,

그 지역 뒷골목에서 검은 조직을 장악하고 권세를 누리는 상대는 명색이 깍두기들의 우두머리다. 향토 기업을 운영하는 경영자의 처지에서 후환이 두려웠던 것이다.

본격적인 조사를 앞두고 피해자와 장시간에 걸쳐 흉금 없는 대화로 신뢰 쌓기에 집중했다. 내가 진심을 내보이자 피해자는 그제야 닫아 둔 자신의 마음을 조금씩 열어 보이기 시작했다. 피해자가 마음 놓고 자신의 경험을 털어놓을 수 있게 판을 깔아주는 것이 수사관의 역할이다. 주저주저하던 피해자가 피해 사실을 풀어놓기 시작했다. 나는 가급적 그의 체면과 후일 그에게 닥칠지 모르는 난처한 입장을 배려하여 그가 바라는 취지를 최대한 조서에 반영해 주었다. 작성된 조사를 읽어 내려가던 그가 흡족한 태도를 보였다.

─어쩌면 그렇게도 내 마음을 잘 읽고 있당가요?

자기 창자와 뼛속까지 들여다본 사람처럼 자기가 말하는 취지를 그대로 조서에 반영했다고 감탄사를 연발했다. 그만하면 조서 작성의 임의성이 담보될 만했다.

범죄와 전쟁을 치르는 수사관에게 조서는 적을 제압하는 데 필요한 '무기'이다. 무기의 성능은 임의성에 달려 있다. 임의성은 진술자가 자유로운 상태에서 자신의 의지로 진술했는지 여부를 가늠하는 잣대이다. 만일 수사관이 수단과 방법을 가리지 않고 사건의 진상을 밝히려는 욕망에서 노획물처럼 진술을 억지로 빼앗는다면, 조서는 흉기가 될 수 있다. 흉기로 판정을 받으면 법정에서 그 조서는 증거로서 탄핵을 받게 된다. 그렇게 되면 수사관은 범죄와 전쟁에서 패배를 한다.

피해자를 돌려보낸 후 나는 잊어버릴 만하면 그를 다시 불러 지난 조서의 임의성을 확인하고 재조사와 추가 조사를 몇 차례 더했다. 피해자로서 조서에 임의성이 의심받지 않도록 다지는 작업을 한 것이다. 그는 조사를 마친 후 작성된 조서에 만족감을 보이더니 나에게 뜻밖의 제안을 하였다. 나중에 자기 부모의 회고록 집필을 나에게 맡기고 싶다며 타진을 하는 거였다. 나는 말없이 웃는 것으로 대답을 대신했다. 그에 대한 조사를 마무리하고 내가 다른 청으로 전출하면서 그 사건과도, 그와도 결별했다.

일 년쯤 지나 그 보스가 출두하여 조사를 받고 피해자의 진술을 토대로 정식 기소되었다. 그런데 그쪽 공판부에서 나에게 급히 연락이 왔다. 그 사건에 관하여 나를 증인으로 요청한다는 거였다. 얼굴이 공개되는 증인 심문은 가급적 노출을 피하려는 수사관들이 꺼리는 일 중의 하나다.

나는 짜증이 났다.

재판 과정에서 보스 측의 압력과 회유를 받게 된 피해자가 진술을 번복했다는 것이다. 수사팀한테 강압적인 조사를 받았다는 식의 주장을 펼치며 자신의 난감한 입장을 피해 가고 있을 터였다. 몇 번에 걸쳐 그것도 벌건 대낮에 한가로이 웃으며 조사를 하였는데, 그 많은 조서의 임의성을 부인한다는 건 얼토당토않은 변명이다. 나에게 회고록 집필을 부탁할 정도로 조서 내용과 절차에 흡족하였던 피해자가 아니던가. 나는 그 당시 조사 과정에서 피해자와 흉금 없이 나는 대화의 전말을 소상히 알려주었다. 만일 내가 피해자를 상대로 임의성을 의심받는 언행을 하였다면, 내가 작성한 조서는 흉기 취급을 받게 될 것이니까.

타고난 범인

단순 사기 사건을 조사하며 K를 만났다. 피고소인 신분이었다. 그자는 자기 사건에서만큼은 수사에 협조적이었다. 물론 자기의 혐의를 덜기 위한 그자 나름의 방책이었다. 일테면 자기와 엮인 공범을 토해내 자신의 형량을 협상하는 식이다. 그자가 대표이사로 있는 법인의 비자금을 추적하다 뇌물성 자금이 포착되었다. 적지 않은 금액이었는데 공기업 간부가 연루되었다. 그자의 자백을 토대로 부패 범죄 단속의 개가를 올릴 수 있었다.

그자는 복역을 마치고 만기 출소한 후에도 경제범죄 사건의 단골 피의자로 나타난다. 그자는 거짓말을 참말처럼 구사할 줄 아는 기술을 지니고 있다. 돈에 관하여 투명하지 않고 당장 필요하면 거짓말로 순간을 모면하는 게 그자의 타고난 수법이다. 사람들은 그자가 모두를 속이고 있는 줄도 모르고 그자의 화술에 자신들의 귀를 빌려주곤 한다. 그자의 화법에는 순진한 피해자의 마음을 끄는 마법 같은 것이 있다. 대개는 곧 탄로 날 거짓말을 주로 써먹는다. 내 눈에 그자는 큰 도둑은 아니고 잡범이다.

　내가 재야에서 일할 때도 그자는 시야에 잡혔다. 그자에 대한 이상한 소문이 나돌았다. 그자가 한 종파의 열렬한 신앙인으로 개과천선했다는 거였다. 솔선수범하여 선행을 일삼는다고 이구동성으로 그자에 대한 호평이 돌았다. 나만 모르는 가운데 사람들은 이미 오래전부터 그자를 신앙의 귀감으로 믿고 있었다. 그것만큼은 움직일 수 없는 사실로 보였다. 나는 그자가 그렇게 쉽게 개선될 위인이 아니라고, 주변 사람에게 경고를 했다. 내가 아는 한 그자는 돈에 관해서는 불투명한 사람이니 조심하라고 주의를 주었다.

　나는 오래전에 그자를 통독했는데, 사람들이 써놓은 전혀 다른 독후감을 읽고 있는 심정이었다. 내가 읽었던 그자의 본문과 사람들이 나에게 읽어주는 그자에 대한 서평은 차이가 너무 컸다. 나는 그자의 전력을 폭로하고 싶었지만 그럴 수는 없었다. 그자가 회개한 것이 진실이건 말건 그자의 종교상 직분과 상관없이 나와 그자 사이에는 전과라는 걸림돌이 남아 있었다.

　내가 알고 있는 한, 그런 자들은 완전히 회개하는 듯하다가 이따금 재물 앞에 서게 되면 언제라도 사기꾼으로 다시 돌아가 자기 자리를 지키려는 유혹을 스스로 이겨내지 못한다. 그자는 사람들로 하여금 자신을 귀감으로 보게 하는데 일면 성공한 듯했다. 그자가 벌이려는 사기의 범위가 대폭 커진 거였다. 성전의 담장 안으로까지 자신의 영역을 확장한 것이다. 나는 일찍이 내가 알고 있는 그자에 대한 비관주의를 바탕으로 그자가 진실로 회심할 가망은 없다고 판단했다.

그자가 불쑥 신앙인의 얼굴로 내 앞에도 나타났다.
제3자의 연락으로 그자와 동석한 자리였다. 그자와 나를 같이 알고 있는 지인이 우리가 서로 돕는 관계로 발전되기를 바라며 주선한 자리였다. 나는 어색했지만 지인의 호의를 거절할 수 없어 자리를 함께했다. 그간 적조했던 서로의 안부를 교환하고 내가 숟가락을 막 드는데 그자가 대뜸 합장을 했다. 오랫동안 진지하고, 길게, 축복의 기도를 바쳤다. 그자는 회개한 자기를 내 앞에 드러내 보이며 자신의 종교상 직분을 무척이나 자랑거리로 삼는 듯했다. 사기꾼의 풍모를 반쯤 가리고 전과자가 아닌 다른 존재로 신앙의 탈을 뒤집어쓴 채 내 의혹의 눈초리를 뒤흔들려고 했다. 그가 딴 모습으로 변해 있었다. 나는 그 순간에도 그자에게서 신앙인과 사기꾼의 두 얼굴을 분리할 수 없었다.
나로서는 민망한 시간이었다.
그자의 기도는 축복의 말인데도 유쾌하게 들리지만은

않았다. 그자의 기도는 자기가 이만큼 변하였으니 알아달라고 외치는 웅변처럼 들렸다. 이제는 제발 자기를 전과자로 보지 말라고 절규하는 소리처럼 들려 잠깐 슬프기까지 했다. 하지만 내가 익히 알고 있는 불신은 그자의 노력에도 불구하고 좀처럼 꺼지지 않았다. 나는 그자의 이런 진로 수정을 어떻게 받아들여야 할지 난감했다. 나와 세상이 방심한 사이에 그자는 종교 안으로 침투한 것이다. 어느 때 다시 범법자로 돌변하여 나타날지 모르는 기도를 받고 있다는 당혹감에 그자가 권하는 숟가락이 달갑지 않았다. 그자는 이제 막 선량한 사람으로 다시 태어난 듯 내 앞에서 자기를 과대광고하고 있었다. 나는 그자의 기도에 맞추어 눈을 감아주었다. 그것은 잠시나마 그자의 공범이 되어주는 내 나름의 배려였다.

그자는 실망을 시키는 법이 없다. 아닌 게 아니라 그자는 회개하였다는 소문이 돈 지 얼마 못 가서 주변의 여러 사람과 자기 친인척까지 분쟁에 휘말리게 하였다. 가장 가까운 측근과도 험담과 욕설을 주고받으며 갈라섰다. 한때는 오붓한 모습으로 함께 방문하였는데 나중에는 따로 번갈아 찾아와 서로를 비방했다. 내가 예견한 대로 그자는 다시 사기꾼의 본분으로 돌아간 것이다.

그 후에도 여러 번 의뢰인의 상담 속에서 그자는 사건

관계인으로 등장하곤 했다. 그자는 범인凡人으로 살아가기에는 타고난 범인犯人이다. 그자가 연루된 거의 모든 사건 기록 속에는 그자를 만나 불행해진 사람들이 있었다. 어떤 사건 속에는 그자의 배신 때문에 우는 친인척이 있었고, 또 어떤 사건 속에는 그자를 믿고 다가왔다가 겪은 낭패 때문에 우는 동업자가 있었다.

그자는 성전 안에 잠시 동안 매복해 있었다. 자기의 신분이 세탁되어 사람들이 자기를 회심한 것으로 오인할 때까지. 그때의 그자는 자신의 전력을 밀봉하고 있었기 때문에 그자 안에 은신해 있는 사기꾼의 본성을 사람들은 알아채지 못했다. 나는 처음부터 그자의 회심을 조금도 믿지 않았다. 내가 알고 있는 그자의 기질과 사람들이 인정하는 모습 사이에는 괴리가 있었다. 그자는 내 감시의 시야에서 벗어나 있는 동안 민첩하게 변신했다. 하지만 나는 신앙인의 신분 효과가 지속된다면 그자는 주변인을 상대로 또 뭔가 수작을 벌일 거라고 우려했다.

언젠가 다시 그자를 잠깐 마주쳤다. 그때 나는 혹시나 하고 그자의 얼굴에서 열심히 신앙의 흔적을 수색해 봤다. 역시나 기도의 한 점 일획도 발견하지 못했다.

신분세탁의 대가

노총각이다.

웃음을 쓰게 짓는 버릇을 가지고 있다. 오랫동안 실망으로 단련된 표정이다.

늦은 가을 오후다, 총각이 나를 찾아온 건. 그는 방문한 목적을 밝히지도 못하고 머뭇거리던 숙맥이다. 다짜고짜 장가 좀 갈 수 있게끔 도와 달고 읍소한다. 총각의 진술에 귀를 모은다. 피해자가 제보자로서 직접 수사기관을 찾는 경우는 드문 사례이기 때문이다. 뜬금없는 탄원이지만 구미를 당기게 하는 사연이다. 총각은 고해성사처럼 자신의 비행을 고백하고, 나는 고해소의 신부처럼 묵묵히 듣기만 한다. 벌써 머리로는 내사 계획을 짜면서.

위장결혼이다.

서른세 살 노총각이지만, 지참한 호적등본 속에서 그는

법적으로 유부남 신분이다.

중국에서 불법으로 한국에 입국하려는 부녀자들이 한국 남자와 결혼하면 호적부에 배우자로 등재된다. 배우자로서 일정한 체류 기간을 거치면 주민등록증을 발급받게 된다. 그들이 노리는 건 바로 한국의 신분증, 신분 세탁을 노린 범죄다. 중국인과 사이에 한국인 모집책이 끼어 있다. 그 브로커가 한국 국적의 노총각들을 모집한다. 순진한 총각이 거기에 걸려든 것이다. 중국에 넘어가서 관광을 하고, 중국 여자와 결혼식 사진을 찍고, 한국 행정관청에 혼인신고를 하고, 중국 여자를 초대하여 입국시키고, 주민등록증이 나올 때까지 호적상 남편으로 지내는 것이 가짜 남편으로서 역할이다. 공항까지 마중은 나간다. 혹시나 모를 공안 당국의 추적을 대비해서 여관에서 부부처럼 하룻밤을 보내고 헤어진다. 위장 부부라 실제로 몸을 섞지는 않는다. 제반 비용은 중국 여자가 부담하는 조건이다. 남편 행세에 따른 대가로 건당 8백만 원이 지급된다.

8백만 원의 대가는 혹독하다.

돈에 대한 숭배가 자신의 신분을 망가뜨리는 결과를 낳은 것이다.

가짜 아내인 중국 여자는 주민등록증을 발급받은 후 연

락을 끊어버린다. 이혼해야 다시 독신자로 돌아가 결혼을 할 수 있는데, 호적부상 유부남으로 남아 있으니 노총각은 이러지도 저러지도 못하는 신세가 된다. 늦게나마 맞선을 보라는 중매 자리가 나와도 응할 수 없다. 지저분해진 호적부는 결혼을 앞둔 노총각을 난감하게 한다. 신분 회복이 절실히 요구되었으나 도망간 가짜 신부가 협조할 리 만무다. 고민 끝에 우리를 찾아온 거였다. 사법기관의 도움을 빌려야 할 만큼 다급해진 것이다.

이러한 경우, 혼인이 무효라는 확인 판결을 받아야 호적을 바로 잡을 수 있다. 그러려면 먼저 위장결혼을 밝혀내야 한다. 허위로 혼인 신고를 하면 형법상 '공정증서부실기재죄'에 해당한다. 형법에서 호적부는 '공정증서원본'이라고 한다. 공정증서에 허위의 사실을 등재하게 한 자는 징역형을 받게 된다.

총각의 자수를 수사의 단서로 삼아 우리는 즉시 내사에 착수한다. 그와 교류한 자들의 출입국 조회를 하자 총각의 주장이 사실로 확인된다. 수사의 성패를 좌우하는 건 브로커를 찾아내는 것이다. 조회와 탐문을 통해 수도권의 아지트를 뒤지고 브로커의 거처를 찾아낸다. 브로커는 다시 위장결혼을 작업하기 위해 중국에 출장 중이다.

우리는 잠복에 들어간다.

밤늦은 시간에 귀국한 브로커를 체포해 압송한다. 브로커는 중국 여자와 혼인한 국제 커플이다. 중국인 처가 중국에 대한 다양한 정보를 수집해 주는 도우미를 겸한다. 부부의 나이 차이는 컸다. 두 사람 또한 사업을 위한 위장결혼이 아닐까, 잠깐 의심해 본다. 브로커의 입을 통해 제보자와 같은 처지에 있는 피해자들이 추가로 확인된다. 하나 같이 농촌 총각들이다. 배우자를 구하기 어려운 시골 총각들을 브로커가 표적으로 삼은 것이다.

피해자가 생각보다 많다. 그깟 돈 몇백만 원에 자신의 신분을 쉽게 팔아먹다니……. 8백만 원이면 당시의 지방에서 전세방을 얻는데 충분한 보증금 수준이었다. 그 액면에 눈이 멀어 자신의 호적을 더럽혔다. 호적은 한 번 오염되면 그 얼룩을 지울 수 없다. 얼룩 자체가 호적의 기재 사항이다. 호적은 한 사람의 여정이 고스란히 기록된 공적인 이력서다. 죽었어도 호적이 정리 안 되면 살아 있는 사람이고, 살아 있어도 호적에서 제적되면 죽은 사람 취급을 받는 것이 호적의 생리이다.

*

구속기소 된 브로커가 유죄판결을 받고 그 판결을 토대로 혼인무효 확인판결을 받게 된 노총각이 한 번 더 나를 찾아왔다. 총각으로 회복되게 도와주셔서 고맙다고. 혼인무효 판결을 거치며 자신의 생에서 계획에도 없는 파고를 겪은 탓일까. 그 사이 총각은 중년의 아저씨가 다 되어 있었다.

거짓말 탐지기에 기댄 거짓말

H는 교통사고 조사관으로 잔뼈가 굵었다. 교통사고 현장에 관한 한 베테랑이다.

S는 운전을 하던 중 교차로에서 사고를 야기한다. 피해자의 승용차를 들이받은 사고다. 피해 차량은 손괴되고 피해자에게 상해를 입게 한 인적 물적 피해 사고다. 그는 처벌이 두려운 나머지 그대로 도주하여 뺑소니 사건의 범인이 된다.

H는 피해자의 신고를 받고 현장에 출동하여 조사에 착수한다. 인적 피해와 물적 피해를 인지한다. 이때 S가 슬그머니 나타나 인적 피해 사실은 빼달라고 H에게 청탁을 한다. 뺑소니 사고라도 물적 피해만 있으면 처벌이 가볍지만 인적 피해 사건으로까지 입건되면 처벌이 훨씬 무겁다. 이에 H는 교통사고 조사보고서에서 사상자란을 기재하지 않는 방법으로 허위의 공문서를 작성한다.

S에 대한 사건을 송치 받아 조사하던 중, 인적 피해가 고의로 누락된 사실을 발견한다. H를 전격적으로 소환한다. 그는 태연하게 출석한다. H는 허위공문서 작성 혐의를 부인한다. 펄쩍 뛴다. 인상까지 써 가면서 너스레를 떨기까지 한다.

H와 나는 베테랑 형사와 수사관으로 마주 앉아 있다. 나는 법전을 등에 업고, 그는 혐의를 품고 있다. 우리는 경계하면서 서로를 탐문한다.

증거가 뒤에서 지켜보고 있는데도 H는 고집을 꺾지 않는다. 억울하다고 강변한다. 가라앉은 배 옆에서 자맥질하는 사람처럼 보인다. 그는 진실을 말하려는 의지가 없고 수사에 협조하려는 생각도 없다. 자신의 진실을 조금도 의심하지 않는다는 태도다. 결백의 확신에 찬 모습을 연출하는 바람에 그를 향한 나의 의심을 의심할 뻔한다. H의 극구 부인은 예상 밖이다. 엄연히 증거가 있는데도 막무가내로 말이다. 애먼 사람 불러다 추궁한다고 볼멘소리로 투덜거린다. 자기는 결백하니 해볼 테면 해보라고 큰소리를 친다.

나는 움찔한다.

하지만 그는 진술을 하면 할수록 그가 내세우는 진실은 힘을 잃고 그가 범인이라는 우리의 심증은 굳어간다. 우리는 그를 향한 의심을 거두지 않는다. 시간이 흐르면서 변명을 늘어놓던 H의 목소리에서 자신감이 떨어지기 시작한다.

서서히 그의 주장이 뒤집힌다. 당황한 표를 내지 않으려 애를 쓰는 표정에서 당황하고 있는 속내가 비친다.

속으로 떨고 있는 그의 초조함이 신경을 곤두세운 나에게 전해진다. 거칠게 부인하는 그의 표정 하나하나에도 내 눈빛이 달려간다. 억울함을 가장한 그의 목소리가 일선 수사관서에 대한 보편적인 나의 신뢰를 무너뜨린다. 그는 겉으로는 큰소리를 치고 있지만 속으로는 두려움 앞에 웅크리고 있다.

그런데 바로 그때다.

그가 불쑥 내뱉는다. "거짓말 탐지기 태워주세요, 당장 거짓말탐지기 태워달라니까요!" 난데없이 거짓말 탐지기 검사를 카드로 꺼낸 것이다. 얼마나 진실하면 자청해서 거짓말 탐지기 검사까지 해달라고 저럴까. 순간 내 안에서 동요가 일어난다.

나는 다시 움찔한다.

이러다 낭패를 겪는 것 아닌가 몰라. 나는 겉으로는 태연한 척하였지만 속으로는 걱정이 들기까지 한다. 분명 증거로 봐서는 범행이 맞는데 H가 하도 당당하게 나오자 내가 진실의 기로에 서게 된 것이다. H의 전략이 순간적으로 나에게 먹힌 거다. 한데 거짓말 탐지기 검사는 그가 마지막으로 꺼낸 카드였다. 수사하는 입장에서도 증거가 없어 애매할 때 시도하는 것이 거짓말 탐지기 검사다. 최선이 아니라 차선의 카드인 것이다. 그가 자청하여 거짓말 탐지기를 꺼내 들었다는 것은 그것 말고는 달리 국면을 전환할 카드가 그에게도 없다는 고백이나 다름없다.

최선을 다하여 자기를 변명하려는 H의 지기애는 내 마음을 사로잡기까지 한다. 심판의 담장 위에 선 그가 외롭게 보인다. 그의 얼굴에서 절망의 그림자가 보인다. 유죄의 담장 쪽으로 밀어 넣으려고 기를 쓰는 내가 나쁜 놈처럼 느껴진다. 그의 말투와 억양에는 절박감이 어려 있다. 자신의 결백을 보여주기에는 그는 진실로부터 너무 멀리 와 있다. 나는 그의 동정에 포섭당하지 않으려고 나를 사무적으로 무장시킨다.

H와 나의 전투는 계속된다. 그의 변명 뒤에 내가 후렴구처럼 다그친다.

−그래서요!

−그래서요!

−그래서요!

−그래서요!

그의 변명에 끝도 없이 이어지는 나의 반문이 그에게는 고문이다. 그의 지루한 변명을 지치게 만든다. 그는 나를 설득하는 데 실패한다. 내가 시도한 반문의 고문이 효과를 발휘한 것이다. 어느덧 그와 나 사이에는 큰 산을 같이 넘어온

관계처럼 우정이 싹트려고 한다. 그가 궁지에 빠져 있다는 것을 그도 나도 부인할 수 없다.

H에 대한 구속영장은 발부되고 기소를 한다.

재판 결과 유죄가 선고 된다.

*

조사 초기 H가 내게 보인 보무도 당당한 태도는 일종의 쇼맨십이었다. 주로 파렴치한 사기꾼들이 보이는 태도다. 나는 아무렴 일선의 조사관이 그럴까 싶었다. 내가 일선 공직자들에 대해 갖고 있던 높은 신인도를 이용한 것이다. 막다른 골목에 다다른 고양이가 돌변하여 자기는 호랑이라고 우기는 꼴이었다. 고양이로 알고 뒤쫓아 가던 나는 갑자기 호랑이라고 으르렁대는 H의 변명 앞에서 잠시 허둥댔다.

사기꾼의 전범典範

　일면식도 없는 그는 처음 만난 나에게 친한 척 굴었다. 경찰에서 기소 중지되어 미제 서랍 속에 묵혀 있던 사건인데, 그가 붙잡히면서 내가 일하던 방에 송치되었다. 그는 수사관인 나를 자기편으로 기울게 하려고 무던히 애를 썼다. 자기 이해타산을 위해서라면 뭐든 저지를 사람이었다. 돈이건 빽이건 뭐든, 자기 신변을 호위할 수단으로 동원하는 위인이다. 일단 자기가 쳐놓은 덫에 걸려들기만 하면, 그는 상대방의 순수한 동기를 활용해 돈을 뜯어냈다. 그러니까 그는 돈 냄새만 맡고 쫓아다니는 '잡놈'이었다.

　남의 돈을 떼어먹고 갚지 않은 사기 혐의로 지명수배 중에 긴급 체포된 사건이다. 혐의 내용은 간단했다. 피해액이 고액이고 미합의 상태라 구속이 불가피했다. 그 와중에도 그는 언제 연락들을 취해 놓았는지, 여러 군데 알 만한 관계요로의 인사로부터 청탁성 전화가 빗발쳤다. 풀어만 준다면 꼭 합의한다는 거였다. 불구속 수사를 요청하는 부탁이다. 합의도 안 한 주제에 외상으로 풀어달라는 요구다. 사건 개요가 지저분하고 개전의 정도 없는 데다 죄질까지 불량했다. 염치라고는 찾아볼 데가 없다. 그는 하수 중의 하수였다.

그는 진실을 어디에 숨겨두었는지, 자백한다고 하고서는 만날 거짓말을 꺼냈다. 그에게도 평생 적용되는 계율이라는 게 있다면 그것은 거짓말일 것이다. 이 세상 모든 거짓말이 그와 한 몸이 된 것 같았다. 그가 지어낸 그 거짓말들이 차례로 자신의 삶을 말아먹고 있었다. 그는 그것을 아는 것 같기도 하고, 너무 오래 그렇게 살아와서 잘 모르는 것 같기도 했다.

어떻게들 맺었는지, 멀쩡한 기관의 괜찮은 인사들이 그를 감싸기 바빴다. 많은 사람의 엄호에도 불구하고 그는 구속 기소되었다. 자신이 자초한 일이고 누구도 원망할 수 없는 결과였다. 재판이 시작될 때까지 합의가 이루어지지 않았으나 웬일인지 보석으로 풀려났다. 로비 실력이 생각보다 탄탄하다는 걸 그는 석방으로 증명해냈다. 그만큼 관계요로에 줄을 대고 지내던 이름난 로비스트였는데, 그자의 실체를 나만 몰랐다.

그는 절박한 구속기간 중에도 해명이나 변명보다는 자신의 배경을 알리는 데 시간을 할애했다. 어느 기관의 아무

개를 알고 있고, 어느 기관의 아무개와 호형호제라는 식의 구라를 쳤다. 자기 인맥을 나에게 떠벌일수록 그는 속 빈 강정으로 보였다. 그 자신도 깎아 먹고, 그의 주둥이에 소환된 관계기관 인사들도 깎아내리는 악수惡手를 두고 있었다.

계절이 몇 번씩이나 바뀌었다.

나는 관복을 벗고 전직하여 법무사 일을 시작했다. 그때였다. 별안간 그가 자기 가족이랑 내 사무실에 찾아온 거였다. 자의가 아니라 거래상 이해관계가 있는 계약 문제 때문에 상대방과 같이 온 거였다. 그는 그때까지도 나에 대한 위압감을 무시할 수 없어선지 내 앞에서만큼은 고분고분했다. 하지만 그의 가족은 달랐다. 내가 한때 그자를 구속되게 조사함으로써, 감히 치욕을 안겨준 악랄한 수사관이었다는 이유로 대놓고 나에게 반감을 드러냈다. 재수 없는 사무실에 왜 자기를 오게 했냐고, 내 앞에서 악담을 해대는 거였다.

그는 그 바닥의 저명한 로비스트답게 그 후에도 스캔들을 야기하였다. 자기와 호형호제하던 관계기관의 무고한 인사를 물고 들어가 곤경에 처하게 했다. 그는 잊을 만하면 의뢰인들의 상담 속에서, 새로운 사건의 가해자로 재등장하곤 했다. 피해자들은 모두 그를 악질로 기억하며 혀를 내둘렀다. 주특기인 사기의 주범이 그가 맡은 단골 배역이었다. 지역의 선량한 사람들이 그의 악랄한 수법에 걸려들었다. 뱀 같은 혀가 구사하는 감언이설은 여러 집안을 풍비박산 냈다. 그의 입에서는 돈만 눈에 띄면 똬리를 틀고 있던 거짓말이 마구 튀어나왔다. 자질구레한 그의 거짓말들이 그를 고도의 사기꾼으로 키웠다.

하지만 그는 쓰러지지 않고 건재했다. 그의 가족이 수십 년간 지역의 번화가에서 자리를 잡은 채 흔들리지 않고 사업체를 운영했다. 영세한 갑남을녀와 장삼이사를 상대로 편취한 자금이 어떤 식으로든 자기 배를 채우는 데 쓰였을 것이다. 나는 범죄소굴일 거라는 선입견 때문에 그 가족이 운영한다는 그쪽에는 얼씬도 하지 않았다.

그는 법을 분주하게 만드는 사람이다. 그는 사법기관을 외롭게 놔두지 않는 사람이다. 그는 수사관의 존재감을 드러내는 데 기여하는 사람이다. 그는 법이 존재해야 하는 이유를 온몸으로 증거하고 있다. 그에게 진실이란 없다. 진실이라는 상자 안에 담아두기에 그의 탐욕은 제원이 너무 크다. 그에게는 진실이 감옥이다.

그놈의 인권

여자는 임신한 지 얼마 안 되는 신혼의 주부다. 원거리에 사는 친정 식구를 만나고 집으로 돌아가던 열차 안에서 공교롭게 용의자와 합석하게 된다. 그자는 흉악범으로 복역을 마치고 만기 출소한 지 얼마 안 되는 전과자다. 뱀 같은 혀를 내두르며 그녀를 이상형이라고 감언이설하며 파고드는 그자의 마수에 여자가 걸려든다. 초면의 외간 남자에게 전화번호를 넘겨준 것이다. 중견기업 경영자로 가장한 그자는 명함까지 소지한 채 순박한 여자의 내면에 잠재된 허영심을 자극한다. 사업에 주력하느라 독신으로 살고 있다고 자신을 소개하며 여자와의 만남을 종용한다. 순진한 여자는 결국 그자에게 몸도 빼앗기고, 심지어 돈까지 갈취당하는 신세가 된다.

자기가 파놓은 수렁에 여자가 빠진 것을 알아챈 그자는 대담하게 집 앞까지 찾아가 대놓고 협박하며 돈을 뜯어낸다. 심지어 임신한 몸 안에 '몹쓸 병'까지 옮긴다. 뒤늦게 여자의 불안한 증세를 알아챈 남편이 여자를 구해내기 위해 전면에 나서자, 그자는 남편을 상대로 흉기를 휴대한 채 협박한다. 결국 잠복한 경찰에 긴급 체포된 몸으로 검찰에 송치되고, 우리 앞에 구속 피의자로 등장한다.

여자의 평화로운 신혼을 붕괴시킨 흉악범 신분인데도, 뉘우치는 기색을 보이기는커녕 뻔한 사실을 부인하며 오히려 여자에게 책임을 떠넘기는 태도에 화가 치민다. 나는 수사관으로서 예의 공분감에 사로잡혀 심하게 추궁한다. 쓰레기 같은 변명을 쏟아내는 그자에게 평상심을 잠시 놓친 나는 급기야 거친 욕설을 퍼부어댄다. 나는 여차하면 법의 사각지대로 끌고 가 돼지게 패주고 싶은 마음을 욕설로 대신한다. 그놈의 인권 따위는 발로 차버린 것이다.

—야이 좆만한 쌔끼야!

—니가 사람이냐?

그자는 다음 날부터 조사를 거부한다. 변호인을 대신 보내 인권침해 운운하며 따지고 나선다. 궁색해진 나는 변호인의 항변에 침묵으로 대응한다. 그자를 더 이상 부르지도 않는다. 그놈에게 뒤끝이 작렬한 나는 그자와 사이에 신경전으로 전선을 확대한다. 피해자와 참고인 같은 증인들만 불러 사건의 경위를 파헤친다. 법정에서 그자의 변명을 위한 변명을 봉쇄하기 위한 대비책이다. 그자와의 냉각기를 갖기 위한 포석도 깔고 있다. 2차 구속 만기가 도래하는 20일이 다다르도록 그자를 부르지 않자, 변호인을 보내 나에게 따졌던 것이 후회되었는지 자기를 한 번만 불러달라고 사정한다. 그자의 요청으로 인심 쓰듯 생색까지 내면서 다시 부른다. 나는 속으로는 칼을 갈고, 겉으로는 정중한 척 대한다. 피해자나 증인 격인 참고인들의 결정적 증언이 만능열쇠가 되어 자물쇠 같던 그자의 변명을 무용지물로 만든다. 자신의 거짓말이 효과적인 방어 수단이 되지 못한다는 걸 깨닫자, 그자는 고분고분한 태도로 심지어 굽실거리기까지 한다. 기소를 앞둔 피고인으로서 뒤늦게 자신의 처지를 깨달은 것이다.

구속 상태로 재판에 회부된 그자는 증거조사 과정에서부터 자신의 잘못을 극구 부인한다. 법원이 중형을 선고하자 재판장과 검사를 향해 인상을 빡빡 쓰며 시발, 시발이라는 욕까지 서슴지 않는다. 다시 한번 자신의 실체를 여과 없이 드러낸 것이다.

익명의 여자

익명의 아내는 괜찮은 여자였다. 착하기만 한 게 아니라 살림도 잘했다. 인물도 그만하면 시골구석에서 봐줄 만했다. 가난했던 연인은 결혼식의 통과의례도 치르지 못하고 동거에 들어갔다. 금슬만큼은 좋아서 주변의 부러움을 샀다. 나 또한 그녀를 자기 여자로 둔 익명이 부럽기만 하였다.

빈가의 자식으로 태어난 익명은 부쳐 먹을 밭뙈기 하나 없었다. 생계 수단으로 남의 집 가축을 팔러 다니는 거간꾼 역할로 읍내를 배회했다. 수완이 좋아선지 벌이가 좀 되는가 싶더니만 읍내에 족발집을 차렸다. 주방장 겸 도우미로 그녀를 앉혀 부려 먹었다. 그녀의 손맛이 좋고, 무엇보다 인건비를 남길 수 있었기 때문이다.

둘의 생활이 좀 나아졌다는 얘기가 들려온 지 몇 년이 흘렀을 때다.

불쑥 그녀가 나를 찾아왔다. 법원 앞 지하 다방에서 만났다. 뜬금없는 방문이었으나 그녀에게는 긴박한 용무가 있었다. 익명이 바람나서 불화가 생겼고 더 이상 같이 살 수 없어 집을 나가게 되었다는 기였다. 그녀는 자신의 말을 소명하듯 얼굴에 멍 자국 몇 개를 붙이고 나타났다. 도망가는 길에 나를 목격자로 불러낸 것이다. 시퍼렇게 든 멍으로 충분했다. 부부의 골이 얼마나 깊은지 더 이상의 설명은 구차했다.

살림을 늘린다고 접객업소를 하나 더 차렸는데, 다른 여자와 눈이 맞은 익명이 자꾸 손찌검한다고 하소연했다. 그것도 쉰 목소리로. 그동안 내가 알고 있던 부부가 맞는가 싶었다. 내가 봐왔던 그녀는 온데간데없다. 기둥서방에게 얻어맞고 나온 작부처럼, 그녀의 행색은 초라하고 낯설었다. 더는 버틸 수 없어 뛰쳐나가는 길인데도, 자기에게 허물이 있어 도망간 여자처럼 익명이 헛소문을 낼까 봐 나를 찾아온 거였다. 자기편을 들어달라고는 하지 않을 테니 중립만 지켜달라고, 내 입단속을 하러 온 것이다. 다시 말해 나를 증인으로 확보해 놓고 떠나려고, 증인을 조사하는 일에 종사하던 나를 자기의 증인으로 불러낸 것이다. 사정을 모르는 내가 혹시라도 익명의 말만 믿고 자기를 못된 년이라고 오해할까 봐.

그녀는 초등학교를 졸업하고 가세가 기울어 상급학교 진학마저 포기한 터였다.

두 사람이 건넛마을 외딴집에 처음 솥단지를 걸고 동거를 시작했을 때, 익명과 어울려 놀던 우리는 수시로 신혼 방을 드나들었다. 자랑삼아 익명이 자기 집으로 불러들였다. 새색시가 차려주는 공밥을 얻어먹는 재미가 쏠쏠하였다. 그녀는 남자들 입맛에 맞는 음식을 곧잘 해냈다. 익명의 초대를 받기는 했지만, 나는 속으로 그녀의 숫기를 훔쳐보고 싶어 간 거였다. 서로 얼굴을 바로 보지 못하고 비껴 보면서 인사를 건네는 둥 마는 둥 마치 눈이라도 맞아 썸을 타는 사이처럼 나 혼자 마음이 들썽거렸다.

우리가 떠나올 때까지 그녀는 부엌을 지키는 데 몰두했다. 그녀의 집에 초대를 받으면 비록 짧은 시간이었지만, 그녀의 미소가 주는 효능 때문에 나는 어떤 활기를 찾곤 했다. 그녀가 차려주는 건 아무리 하찮은 먹을거리라도 우리에게는 큰 기쁨을 주었다. 갈 때마다 우리에게 맛을 덜어주는 그녀의 초대를 거절할 이유가 없었다. 나는 그 집에 들를라치면 그녀에게 호감을 느끼고 있다는 마음을 들키지 않으려고 무관심한 척했다.

*

　그녀는, 말이 아내이지 식당 주방 일에서부터 서빙까지 도맡아 했다. 부부라는 이유로 급여는 손에 쥔 적이 없다. 이제는 싸우고 집을 나가는 길이라 퇴직금은 물론, 위자료 한 푼 꿈도 꾸지 못하는 처지가 되었다. 그녀가 익명의 집안에 들어와 받은 것이라고는 상처와 궁핍과 슬픔이 과반을 차지한다고 해도 과언이 아니다. 반면에 그녀는 익명에게 자신의 청춘을 송두리째 넘겨주었다. 그녀의 노동력을 착취하는 동안에도 익명은 밖에 나가면 다른 이성에게 자신의 남성을 맡겼을 터이다. 그는 자기가 원하는 범위 내에서만, 그녀를 사랑했던 것이다. 아니 자기만족을 위하여 그녀의 청춘을 사용하고 그녀의 순정을 남용하였다.

　부부가 전쟁을 치르는 동안 그녀가 가지고 있던 예의 아름다움은 퇴색해 버렸다. 생활의 칼날은 그녀의 내면으로 뚫고 들어가 본래의 모습을 어질러놓았다. 익명에게 의미 없는 존재로 전락한 것이다. 그녀가 없다면 다른 누군가 자신의 여자가 될 것이라고, 익명은 불화의 국면을 가벼이 여기는 것 같다. 내가 알고 있는 한 둘은 그런 식으로 헤어지면 안 되는 인연이었다.

　익명은 그녀의 순정을 부수지 못해 안달이었다. 그녀와 나누었던 그간의 사랑이 더 이상 익명의 안에 머물 자리가 없었기 때문이다. 익명의 외도는 그녀가 자유로운 몸이 되게 하였고, 그녀의 가출은 익명의 방탕을 자유롭게 하였다. 두 사람의 행동은 서로를 자유롭게 보완했다.

한때 선남선녀 소리를 들을 만큼 수줍던 여성은 퇴색했다. 잠시 훔쳐본 손가락에는 익명이 영원히 사랑한다고 그녀를 기만할 때 족쇄처럼 끼워주었을 반지가 자취를 감추었다. 단단했던 그녀의 순정은 익명의 방기로 산산이 부서졌다. 그녀의 눈두덩에 그려진 시퍼런 멍 자국이 두 부부의 깊게 파인 불화의 여정을 고스란히 요약해 보였다.

—어디로…… 가려고요?

—그건…… 오늘 밤 고민해 보고 내일 아침 기분에 맡기려고요.

그녀가 나를 만나고 간 뒤 그녀의 예상대로 그녀가 도망갔다는 소문이 돌았다. 그로부터 한두 해 지나 나는 익명을 불러냈다. 나와 둘만의 자리를 만들었다. 부부만이 감추고 있던 불화의 진상을 내가 알고 있다는 걸 간파한 뒤부터 그는 더 이상 얘기를 꺼내려 하지 않았다. 그녀를 통해 목격한 진실을 토대로 그를 조용히 추궁했다. 그는 배우자로서 자신의 과오를 전면 부인했다. 오히려 그녀 때문에 가정이 파탄 난 것처럼, 감히 그녀를 목격한 내 앞에서 위증을 서슴지 않았다. 그녀가 시퍼렇게 멍든 얼굴로 찾아와 털어놓았던 사실을 모두 허구의 소설인 것처럼, 가정파탄의 주범으로 그녀를 몰아세웠다. 그녀가 멍이라는 증거를 지참하고 그의 비행을 내게 직접 고발했는데도, 막무가내로 자신의 책임을 사라진 그녀에게 전가하기에 바빴다.

내가 아는 한 그의 곁에 그녀가 없었다면 오늘의 그는 어림없는 일이다. 그가 그만큼이라도 신사가 된 것은 그녀가 숙녀로서 그의 곁을 지켜주었기 때문이라는 걸 우리는 물론 그 자신이 너무 잘 알고 있는데도 그는 여전히 딴청을 부리고 있다.

아이의 몸값

한 채권추심 법인으로부터 급한 연락이 왔다. 모 채권 은행에서 내 급여를 압류해달라는 의뢰가 들어왔다고. 알고 보니 보증채무가 연체 중이다. 나도 모르는 사이 원채무자의 사정으로 일어난 사고였다. 거절할 수 없는 관계라 연대보증을 서주었는데 원채무자에게 사업상 어려운 사정이 생겼고 보증을 선 내게 청구가 들어온 것이다. 우선 빚을 내 대위변제를 해야 했다. 당시 나는 공직자로 재직 중이었으므로 급여에 압류가 들어오면 낭패였다. 다급한 불은 껐다. 하지만 그로 인해 채무초과 상태에 이른 건 나였다. 위기였다. 나는 그 무렵 마이너스 통장으로 전전했다. 얼마 안 되는 사재를 몽땅 털렸기 때문이다. 봉급에 닥친 압류를 가까스로 뜯어말리고 전 재산을 날렸다는 심정으로 표류하기 시작했다.

바로 그때다. 책상의 전화벨이 울렸다. 급하게 우는 수화기를 들기 무섭게 울부짖는 아내의 목소리가 귓바퀴 속으

223

로 파고들었다. 하교하던 아이가 택시에 치여 병원으로 응급 후송되었으니 빨리 오라는 전갈이었다. 택시를 잡아타고 가며 나는 맹세했다. 살아만 있으면, 살아만 주면 누구든, 무엇이든 다 용서해 주겠노라고. 하늘에 대고 눈도장을 찍으며 하느님과 무언의 약정을 했다.

병원에 도착하자 응급실 쪽에서 아이의 울음소리가 새어 나왔다. 아, 살아 있었구나. 살아는 있구나. 아이는 아파서 울고 있었지만, 내게는 그 울음이 살아 있다는 청신호로 들렸다. 사고 경위는 끔찍했다. 횡단보도를 건너던 아이와 무단 질주하던 택시가 정면충돌하였는데, 아이가 공중으로 몇 미터 날아가 아스팔트 바닥에 추락한 거였다. 사고 경위로 보면 현장에서 숨지거나 치명적인 중상을 입어야 마땅한 사고다. 아이는 가벼운 찰과상을 입는 데 그치고, 일주일 남짓 입원 치료 후 퇴원했다.

잃을 뻔했던 아이를 다시 찾게 된 후, 나에게 닥쳐오던 시련의 인내심에는 한계가 사라졌다. 아이를 돌려받기 위해 값비싼 대가를 치렀다는 생각에 이르렀다. 암울하던 보증채무를 당연한 통과의례로 받아들일 힘이 생긴 것이다. 보증채무로 잃어버린 돈을, 아이가 사고에서 돌아온 몸값으로 해석하기로 했다. 이후로 나는 그 빚을 타인의 것이라고 여긴 적이 한 번도 없다. 타인의 빚을 억지로 안았다고 생각하면 다시 아이를 빼앗길까 봐 그것이 더 두려웠다. 아이의 사고가 보증채무의 편람 역할을 한 것이다. 오히려 부도 위기를 맞은 원채무자가 의기소침하여 절망의 수렁에 빠질까 봐, 자포자기한 나머지 극단적인 선택이라도 하지 않을까 노심초사했다. 나에 대한 부담을 가질까 봐 원채무자에게는 안부 전화 한 통 걸지 못했다.

*

보증 사건과 아이의 사고는 이렇게 한꺼번에 내 삶의 영역에 들어왔다. 하지만, 앞서가려던 내 불행이 아이의 행운에 덜미를 잡히는 바람에 보증으로 인한 내 피해의식은 사그라졌다. 빚더미의 멍에에 짓눌릴 뻔했으나, 아이가 다시 돌아왔다고 생각하면 평온해졌다. 겹쳐 일어난 두 개의 사건 때문에 좌초될 수 있는 삶의 방향이 진정된 것이다.

사고를 딛고 돌아온 아이의 존재는, 갑자기 집마저 잃게 된 우리 가족에게 보금자리가 되어주었다. 그간 보증채무로 그늘졌던 우리 집 공기가 그때부터 안도의 웃음으로 바뀐 것이다. 아이의 목숨과 비교하면 아무리 많은 빚도 아까운 게 아니었다. 불행을 아이의 귀환으로 상징되는 행운과 상계했다. 그러자 삶이 도리어 나를 우아하게 대한다는 생각마저 들었다.

안 그래도 사건 수사에 짓눌려 몸과 마음이 번아웃 상태였다. 정작 가까이하고 싶은 문학을 제쳐두고 정년까지 간다면 반드시 후회할 거라는 예감이 밀려오던 때였다. 몸은 엎친 데 덮친 격이었으나 마음으로는 차라리 기회이다 싶었다. 내 근황을 속속들이 꿰고 있는 신이 나에게 던지는 메시지로 읽은 것이다. 험한 사건을 다루어야 하는 공안기관에 생리가 맞지 않으니 다른 길을 가라는 계시라고 할까. 무심코 직진하다가 만난 삶의 분기점으로 보였다. 사표를 던지는데 고민은 오래 걸리지 않았다. 주변 사람이 1000명이라면 그중 999명이 사직을 만류했다. 하지만 굳어버린 내 결심을 누구도 허물어뜨리지 못했다. 결국 보증채무 사고는 내가 삶의 방향을 바꾸는 데 기폭제가 되었고, 아이의 사고는 새 출발을 하는 동력이 된 셈이다. 나는 돌고 돌아 시인이 되었고 산문을 쓰고 있다. 글을 쓰는 작가로서 나는 보증채무 사고와 아이의 사고에 큰 빚을 졌다.

4부

———

법무사는 무엇으로 사는가

모자에게 돌아온 답

　상대방의 아들은 법조인이다. 소피아 씨는 남편을 일찍 잃고 외동아들과 사는 중년의 미망인이다. 상대방이 소피아 씨에게 궤변에 가까운 논리를 동원해 내용증명서를 보내왔다. 당황한 그녀가 그 통지를 들고 나를 찾아와 도움을 청하였다. 상대방이 보내온 내용증명의 취지는 조잡했다.

　소피아 씨가 외동아들에게 땅 한 필지를 장만해 주려고 상대방과 계약을 했고 중도금까지 지불했다. 그런데 다른 사람이 매도인에게 돈을 더 얹어준다고 꼬드기자, 매도인 측이 어거지로 해지 사유를 만들어 멀쩡하게 성립된 계약을 파기하겠다는 거였다. 척 봐도 상대방의 주장은 논리의 비약이요, 신의를 위반한 것으로 보였다.

　매매계약에서 중도금 지급은 실행의 착수라서 중도금을 지급한 경우 쌍방 합의 없이는 일방적으로 해지가 안 되는 법이다. 이미 중도금까지 치른 소피아 씨가 상대적으로 우위를 점하고 있다. 소피아 씨는 매수인으로서 잔금을 법원에 공탁하고 매도인을 상대로 소유권이전등기 청구소송을 제기한다면 충분히 다투어볼 만한 사안이다

　하지만 나는 소피아 씨의 소송을 만류한다. 그녀가 여린 사람인 줄 잘 알고 있기에 자칫 소송으로 상처를 입게 될 것이 우려되어서다. 사실 법과 순리대로 사는 사람은 자신이 피해자이고 채권자인 경우에도, 막상 소송이 시작되면 밤잠을 못 이루고 스트레스를 받는 경우를 자주 본다. 더구나 상대방의 가족이 법조인이라서 대적하기에 만만치 않다. 그녀에게 몇 건의 유사한 사례를 들며 꼭 필요한 땅이 아니라면 위약금을 적당히 받고 소송은 접는 게 어떠냐고 넌지시 권유하며 달랜다. 소피아 씨는 망설이는가 싶더니 상대방의 주장이 너무 황당해서 이대로 포기하기에는 억울하다고 토로한다. 내가 도와주기만 하면 소송을 불사해서라도 그 땅의 주인이 되고 싶다고 나에게 공을 넘긴다. 상대방의 아들이 법조인인 점을 고려하면 전문 변호인 선임이 필수적이라고 조언해도, 그녀는 나만 의지한 채 내게 부담을 안긴다. 더 이상 말리기에는 그녀의 뜻이 완강하다.

　우리는 잔금을 공탁하고 소유권이전등기 소를 제기한다.
　예상대로 상대방은 법조인 가족을 통해 집요하게 사건

을 흔들어댄다. 법원도 혀를 차게 만들 정도다. 계약에 입회했던 사람이 투병 중인데도 굳이 법정의 증인으로 끌어들여 자기 쪽에 유리하게 유도한다. 하지만 증인으로 소환된 입회인은 자신의 이름을 걸고 진실로 맞선다. 지루한 공방으로 진실이 흔들리는가 싶더니 마침내 원고 승소 판결을 한다. 상대방은 포기하지 않고 항소를 했으나 항소도 기각되고 원고가 최종 승소한다.

재판을 통해 자신의 주장을 관철시킨 소피아 씨지만 세 번 울었다. 한 번은 1심 판결이 나온 날 수화기 너머에서 나를 향해 울었다. 또 한 번은 항소심에서 승소 판결이 나온 날이다. 그리고 세 번째는 판결이 확정되고 나를 다시 찾아와 '괜히 재판을 시작했다'고 실토하면서다. 그동안 재판이 진행되는 내내 소 제기를 만류하던 내 말을 떠올리며 후회를 거듭했다고 한다. 상대방과 변호인의 기세에 눌려 불안과 불면을 겪었다고 고백했다.

분쟁에서 탈환한 땅의 새 주인으로 등기 권리증을 손에 쥔 모자는 그 땅을 놀리지 않고 자신들의 꿈을 일구는 영지로 삼고 있다. 추수가 끝나자 모자의 땀방울로 채운 쌀 한 부대가 사무실로 배송되었다.

유책 배우자

첫 결혼에서 무능한 남자를 만나 고생만 하다가 이혼을 당한 여자는 새로운 남자의 구애로 재혼을 결심하였다. 동거 내내 무능하던 전 남편과 달리, 새로 만난 남자는 봉급생활자로서 유능하게 보였다. 남자가 여자처럼 첫 결혼에 실패한 점도 참작하였다. 남자와 새 출발 하여 십수 년간 동거하였다. 남자가 직장에 근속하는 동안 여자는 주부로서 집안 살림과 음식 조리, 부부관계 등 내조를 다 하였다. 거기에 그치지 않고 여자는 하루도 쉬지 않고 맞벌이를 함으로써 부부의 가계에도 상당한 기여를 하였다.

그러던 어느 날 변심한 남자가 이혼을 요구하는 바람에 둘은 갈라섰다.

동거하는 동안 남자는 사소한 일로 시비를 청하여 살림을 부수거나 물건으로 여자를 구타하는 폭력 성향을 보였다. 여자는 헤어진 후에도 남자로 인한 스트레스와 트라우마로 정신과적 치료까지 받아야 했다.

여자는 귀책 사유가 없는 상태에서 남자의 일방적인 요구로 이혼에 응하게 되었다. 그러한 경우 이혼으로 인해 여자는 정신적으로 큰 상처를 입었을 것이다. 장차 홀몸으로 살아가는 데 많은 어려움과 부닥치게 될 것임은 자명하다. 그렇다면, 남자는 여자에게 배우자로서 헌신한 점과 정신적 상처를 위로할 책임과 의무가 있다. 내조와 맞벌이로 재산 형성에 기여한 여자에게 재혼 이후 형성된 재산과 가액이 늘어난 부분에 대해 적당한 비율로 분할하는 것이 남자의 마땅한 도리다. 하지만 남자는 위자료 한 푼 지급하지 않았다. 물론 재산도 일절 분할하지 않았다.

엉겁결에 이혼을 당한 여자

여자는 재혼한 신혼 초기 남자에게 적극 권유하여 연금저축에 돈을 불입하도록 기여하였고 퇴직하며 남자가 전액 수령할 수 있었다. 전처와 이혼하고 마이너스 통장으로 연명하다시피 하던 남자를 성실히 내조하며 현재의 재산을 일구도록 기여한 것도 여자다.

억울한 마음에 잠을 설치며 여자는 불면증까지 도졌다. 아닌 말로 동거하는 동안 남자가 대달라고 보챌 때마다 순순히 응해 준 '잠자리' 값으로만 치더라도 한밑천 떼어주는 게 맞지 않느냐고 따지고 싶었다. 몇 차례 상담 끝에 최소한의 재산을 분할받아야겠다는 의도로 법원에 소를 제기하기에 이르렀다.

처음에는 그녀에게 소송을 포기하는 게 어떠냐고 극구 말렸다. 상대의 거친 성향이 걸렸다. 소송이 진행되는 동안 그녀가 입게 될 상처도 우려되었다. 소송에 대한 예후가 별로 밝아 보이지 않았다. 남자의 과격한 성향을 알고 있던 자식들도 소송을 만류한다는 거였다. 몇 차례 망설임과 결심을 번복하던 그녀가 마침내 결단을 했다. 그렇다고 첨예하게 다투려는 마음은 없었다. 일단 소송을 제기한 다음, 남자가 어지간히 성의를 보이면 적당한 선에서 조정으로 마무리하겠다는 마음으로 시작한 소송이었다. 그런 의도였는지라…… 일부러 변호인 선임도 보류한 채 기본 내용으로 작성하여 소장을 접수하였다. 나 홀로 소송으로 시작한 거였다.

비록 형식은 소장이지만, 상대방에게 조정을 기대하는 속내를 담고 있었다.

하지만 기대와 달리 남자는 소장을 송달받는 즉시 변호인을 선임하고 유책자로서 자신의 의무를 전면 부인하며 공세적으로 답변서를 보내왔다. 여자도 하는 수 없이 이혼을 전문으로 다룰 줄 아는 변호인을 선임했다. 본격적인 법리 다툼에 돌입한 것이다.

사실 이 사건은 크게 다툼을 벌일 사안도 아니었다. 남자의 귀책 사유로 혼인이 파탄 난 만큼 약간의 위자료를 지급하고, 십수 년 동거하면서 남자의 재산형성에 기여한 만큼 여자에게 재산의 일부를 떼어주면 될 일이다. 하지만 상대방은 막무가내로 반발하며 한 푼도 줄 수 없다는 태도를 보였다. 가사 귀책 사유가 두 사람 모두에게 있다고 하여도 위자료 지급 의무만 부인될 뿐, 여전히 재산분할 의무는 남는다. 최소한 재혼 이후 증가되고 형성된 재산에 대해서는 여자에게 분할하는 게 맞다고 할 것이다.

　지루한 공방이 지속되었다.
　그리고…… 일이…… 터졌다.
　재판이 속행되는 도중이었다.

　법정 밖에서 만나자는 남자의 요구를 여자가 불응하자, 급기야 남자가 여자를 찾아 나섰다. 변호인이 미리 혹시 피고가 찾아가더라도 절대로 문을 열어주지 말라고 단단히 여자에게 일러둔 터였다. 여자의 집에 출입이 봉쇄되자 남자는 수소문을 하여 여자의 직장으로 갔다. 직장 동료들에게 한때나마 부부였던 자신들의 볼썽사나운 모습을 보여주기 싫었던 여자는 남자를 따라나섰다. 염려하는 동료들의 눈길을 뒤로한 채 남자의 뒤를 따라간 것이 여자의 마지

막 모습이다.

하루아침에 행불된 남자와 여자.

며칠 만에 둘은 뉴스 화면에 등장했다. 변사체로 나란히 발견된 것이다. 한 사람은 승용차 뒷좌석에서. 또 한 사람은 근처 소나무에서 스스로 절명한 모습으로.

이유 없는 항소

오래전 혼자가 된 여자다. 그녀는 배우자와 사별했다. 그녀에게 남은 건 어린 남매와 빚이 전부였다. 그 무거운 빚을 등에 지고 아이들을 길러냈다. 죽은 남편의 인맥을 배경으로 도시락집을 차렸다. 동기간의 쌈짓돈을 끌어와 탁자와 의자 몇 개로 시작했다. 맛 좋고 입담 좋고 인심까지 후하다는 입소문에 단골이 늘어갔다. 도시락을 좋아하는 사람이면 누구나 좋아했다. 오거리에 자리 잡은 도시락집은 근동의 남녀노소가 고객이었다.

그녀와 A는 그렇게 인연을 맺은 사람 중 하나다. 도시락을 좋아하는 그를 좋아하지 않을 수 없었다. 도시락집을 찾는 만큼 둘의 거리도 좁혀졌다. 둘이 좋아하는 지점에 도시락이 놓여 있었다. A는 그녀가 싸준 도시락 맛에 감염되었다.

하필이면 A가 도시락집을 드나들던 그때가 A의 가정에

불화가 싹튼 무렵이다. 배우자와의 갈등은 부부의 가사 문제일 뿐인데도, A의 배우자는 그녀를 속죄양으로 끌어들였다. 부부의 불화는 급기야 법적 분쟁으로 비화되었고, 그녀까지 피고로 걸었다.

그녀는 자신을 적극적으로 변호했다.

A를 만났을 때 자신은 이미 청춘의 고개를 넘은 지 오래되었다고. 사랑을 뜨겁게 나눌 수 있는 범주에서 자기 몸은 벗어나 있었다고. 원하는 만큼 A를 사용해 왔을 부인과 견주면 자신은 단지 웃음 몇 점을 주고받고 문자 두어 번 나누었을 뿐이라고.

재판장은 그녀의 주장을 배척하고 원고의 손을 들어주었다. 가정파탄의 주범으로 그녀를 지목한 것이다.

그녀는 1심의 패배를 부끄러워하지 않았다. 자신이 소송에서 질 이유가 없고, 재판장이 진실을 오독한 거라고 확신하는 태도를 보였다. 그녀가 항소장을 냈다. 그리고는 항소한 이유를 써내기 위해 나를 방문했다. 주변 사람들 눈을 피해 먼 곳의 나에게 조용히 찾아온 것이다.

그녀가 내게 털어놓은 변론 요지는 이런 식이다.

연애를 해보려 해도 자신에게는 시간이 없다. 도시락집 한 칸은 은밀한 연애를 벌이기에는 너무 협소한 공간이다. 연애를 할래야 그녀의 하문은 닫힌 지 오래되고, 도시락 냄새만 배어 있을 뿐 여성으로서 잔고가 비어 있다. 자기 손으로 싼 도시락을 더 많은 사람들에게 먹이고 싶다는 욕망 이외에 아무 바람도 갖고 있지 않다. 자신이 속상한 건 그런 거다. 두 부부의 분쟁에 휘말리면서 수십 년간 쌓아 올린 도시락집 주인으로서 자존심이 붕괴되고 있다는 것. 재판장은 자신의 이런 사정을 잘 모른다고, 그녀는 억울해했다.

나는 그녀의 변명과 달리 그녀가 A와 연애를 한 게 맞는 이야기라고 상상을 해봤다. 그녀가 1심 선고를 받아들이고 항소를 포기하는 것이 더 아름다운 편이라고 나는 권유를 해주고 싶었다. 그렇게 되면 피고로서는 비록 소송에서 패소한다고 해도 그들의 사랑은 판결을 통해 세상에 공인을 받게 될 테니까. 하지만 엉뚱한 내 상상과는 달리 그녀는 억울하다는 하소연에 일관성을 보였다. 내가 상정한 구도와는 달리 그녀는 사랑을 극구 부인하며 낭만에서 패하는 대신 도덕적인 성공을 희구하고 있었다. 남자와의 사랑이 법적으로 용인되지 못하더라도 그 사랑이 그녀에게 진정한 자유를 안겨줄 텐데…… 그녀는 끝내 도덕과 윤리에 구속되어 있었다.

여기까지는 내가 그녀한테 제한적으로 공급받은 사실이다.

하지만 소송에서의 진실은 원고와 피고라는 두 개의 날개로 비행한다.

그녀라는 날개는 비상을 꿈꾸었지만, 원고의 항변으로 추락하고 말았다. 그녀가 낸 항소이유서에 대해 상대방이 반박한 답변서를 당해낼 수 없었다. 두 남녀의 밀월기가 당사자의 자필로 첨부되었다. 원고의 배우자이자 그녀의 필요적 공범인 A가 그녀와의 내밀한 관계를 자복하는 확인서를 법정에 제출한 것이다. 피고인 그녀 입장에서는 배신이고, 원고인 배우자 입장에서는 회군이었다.

그녀의 항소는 당연히 기각되었다.

그녀는 의뢰인으로서 줄곧 나를 속였다. 위임자로서 수임자를 속인 것이다. 자신까지 포함하여 모두를 기망한 것이다.

흰 두부의 속설

전화 한 통으로 잠이 달아났다.

나를 무척 따르는 후배였다. 급히 보자고 한다. 음주운전으로 사고를 내고 뺑소니쳤다고 털어놓는다. 초저녁 뉴스에서 혀를 차게 한 '그놈'이 바로 후배였다. 피해자는 중태에 빠졌고 곧 사망할 것처럼 보도되고 있었다. 파출소 한 번 불려 가는 일 없이 살아온 후배가 사전에 협의 없이 단독으로 사고를 내놓고는 수습의 현장으로 나를 끌어들였다. 평생 낫과 괭이만 부리며 살아온 후배를 형사 법정에 세워야 한다니…….

서툴고 소심한 사람은 도망가기 쉽다. 자신에게 닥친 위험을 대처할 방법을 자신에게 알리지 못하기 때문이다. 우선 도망가는 것 말고는 자기를 덮친 그 상황을 타개할 방법을 모른다. 그에게 가장 위험한 순간은 피해자와 충돌하던 사고 순간이 아니다. 사고 직후였다. 현장을 수습하는 데서 이탈하여 달아나기로 결심하면서 그에게는 새로운 위험이 엄습해왔다. 단순 사고의 과실범에서 죄질이 불량한 고의범으로 전환된 것이다.

법에 문외한인 후배는 자신의 뒤처리를 통째로 내게 던졌다. 알아서 대본을 쓰라는 것이다. 내가 써주는 대로 자기는 열연을 하겠다고. 갑자기 즉석 대본을 청탁받은 나는 난감했다. 무대의 뒤편 어디에 후배를 숨겨야 하나, 얼마 동안 후배를 숨겨놓아야 하나. 그간 접해왔던 사건의 기억 파일을 모조리 뒤져보았다. 주인공이 소재 불명되어 영구미제사건이 되는 대본과 한시바삐 자수를 서두르는 대본 중하나다.

탈법과 편법의 기로에서 외줄을 타고 살아온 나와는 결이 다른 후배는 밭을 일구며 살아온 순정파 원주민이다. 내가 아는 한, 후배는 도덕이나 법 따위가 거추장스러운 자연인이다. 문명 밖에서 살기에 더 적합한 원시적 인물이다.

우선은 후배를 다독이는 것이 급선무였다. 죄책감으로 자신을 더 구속하지 말도록. 사고는 사고일 뿐 자책 속에 자신을 더 깊이 밀어 넣지 말라고 변호했다. 덜컥 큰 사고를 치게 되면 누구라도 자리를 피하고 싶은 것이 인지상정이라고 뺑소니를 두둔했다.

가급적 나는 그에 대하여 이것저것 생각하지 말고 자수라는 한 가지만 생각해야 했다. 한데 자수하지 않고 벗어날 방법이 있는지를 생각하고 있었다. 사고가 났을 때 반응은 두 가지 유형이 있다. 자수를 결심하는 사람이다. 막상 자수를 결심하면 담담해진다. 될 대로 되라고 차라리 자기를 법에 맡기게 된다. 다른 하나는 더 깊이 자기를 숨기려고 시도하는 사람이다. 사건은 미궁 속으로 빠지게 되고 주연으로 데뷔하는 것이다. 형사들만 미궁에 빠지는 것이 아니라 가해자 자신의 삶을, 삶의 내일을 미궁에 빠지게 하는 데는 도피만한 게 없다. 하지만 더 오래 깊이 숨을수록 일상으로 복귀하는 데는 더 많은 대가를 치러야 한다.

후배와 사고 경위를 복기해 보았다. 궁색한 변명으로 꾸며봤으나 영락없이 후배가 '그놈'이 맞았다. 후배를 대리하여 현장에 몰래 가 검증을 해보기도 했다. 평범한 직선형 도로로라서 교습소에서 배운 대로 운전했다면 사고를 야기할 만한 위험한 구간도 아니었다. 술 먹고 졸며 운전하다가 사고를 낸 것이 역력했다.

뜻밖의 고민을 던져준 후배가 원망스러웠다. 숨겨주었다가 탄로 나는 날이면 꼼짝없이 나는 범인은닉의 주범이 되어야 한다. 자수를 시켜 무거운 처벌을 받기라도 한다면 후배의 가족들은 또 나를 원망하게 될 것이다. 이미 후배는 자신의 불안 속에 자신을 구속한 상태였다. 자기 집으로 찾아오는 사람은 다 형사들 같다느니, 자기 앞으로 걸려 오는 전화가 모조리 소재 탐지용 전화 같다느니.

차마 그를 감옥에 들여보낼 수 없던 나는 어떻게든 그

를 영구미제의 주인공으로 만들 수 있는가를 모색하고 또 모색했다. 경우에 따라서 나는 그에게 난간이 될 수 있고, 함정이 될 수도 있다. 자수라는 결론에 도달하게 만들면 사고에 빠져 있는 그를 구해주는 난간이 된다. 만일 도피의 길로 그를 인도한다면 나는 그를 더 깊이 빠지게 만드는 함정이 되는 것이다. 사고를 내거나 사고를 당한 당사자에게는 묵묵히 그 역할을 맡아줄 난간이 필요하다. 계곡의 좁은 비탈길이나 다리에는 난간이라는 것이 있다. 내가 그의 난간으로서 엉성하게 대처하면 나를 지지대로 알고 자기를 온전히 맡겼던 그는 부실한 난간인 나와 함께 바닥으로 추락할 것이다.

피해자의 입장에서 사건을 분석하며 범인을 추궁해온 내가 처음으로 가해자 입장에서 사건의 전말을 꾸미고 있었다. 어떻게 하면 빠져나갈지 변명을 발명하느라 밤샘을 했다. 살아 있는 한 언젠가는 잡히기 마련이다. 자수할 바에는 서둘러 하는 편이 낫다는 판단이 섰으나, 후배에게는 차마 아무 말도 건네지 못했다. 다행히 시간이 지날수록 후배는 도피나 은신을 마음속에서 지워가는 눈치였다.

자수를 결심하는 사람은 대개 자기에게 엄격한 잣대를 들이대는 성향이다. 남에게만 엄격한 잣대를 들이대면서 자신에게 너그러운 성향은 결코 자수를 결심하지 못한다. 자신을 합리화하는 변명을 너그럽게 받아주기 때문이다. 엄격한 잣대와 너그러운 잣대 사이에 그와 내가 서 있었다. 마음으로야 엄격한 잣대를 만지작거리면서도 몸은 너그러운 잣대 쪽으로 기울며 우리는 서로 오락가락했다. 엄격한 잣대를 집어 들었다가 던져버리고 너그러운 잣대 쪽으로 손을 뻗기를 반복했다. 시간은 전속력으로 달렸다. 아무리 제동을 걸려고 해도 속수무책으로 시곗바늘이 새벽을 향해 뛰었다. 그렇게 밤을 꼬박 샜다.

다음날, 오후 늦게 후배가 결심이 섰는지 형사를 만나러 출발하자고 한다. 나는 먼저 관할 경찰서 상황실에 전화를 넣는다. 어젯밤 뺑소니친 '그놈'이 자수하려고 한다고. 수사에 난항을 겪던 경찰이 반색한다. 대대적으로 철야 수사를 벌였고, 용의자의 도피 방향을 압축해 후배의 동네 운행자들을 상대로 전수조사를 벌이려던 참이라고. 어차피 자수를 안 하면 검거는 시간문제였다.

자수를 앞둔 후배의 얼굴이 벌써 두부처럼 하얗게 질려 있고, 입은 굳게 닫혀 있다. 어떻게든 안심시키려고 시도했으나 허사다. 들어가면 당연히 구속될 테고 합의가 안 되면 재판이 길어질 텐데 괜히 자수를 시키는 것이 아닌가, 후회가 잠깐 찾아온다. 하지만 이미 경찰에 자수를 고지한 상태라 후진은 용납이 안 되고, 출두라는 직진 밖에는 샛길이 없다.

재판은 오래 걸리지 않는다. 후배가 범행의 전모를 시인했으므로, 법정에서 증거조사는 순조롭게 진행된다. 다만 피해자와 합의가 관건이다. 가족들의 끈질긴 노력과 피해자 유족 측의 결단으로 선고를 앞두고 어렵게 합의가 성사된다.

반년 후, 후배는 출소한다.

그것도 합의가 성사되고, 초범이기에 가능한 결과다. 자수가 아니라 검거되었다면 합의는 어려웠을 것이고, 재범이라면 실형을 면치 못했을 것이다.

유치장 앞에서 두부를 나누어 먹는다. 출소자의 전통적 특식인데 혼자 먹기 민망할 것 같아 나누어 먹는다. 유래는 알 수 없지만 하얀 두부가 마음의 전과를 지우고 재범을 막아주는 일종의 번제물로 자리 잡았다. 속설은 때로 현장에서 전설처럼 사용된다. 두부를 한입에 밀어 넣는 후배의 태도가 너무 진지하다. 두부의 속설을 굳게 믿는 눈치다. 몇 달 만에 보는 후배의 얼굴도 두부처럼 하얗게 변해 있다. 마중 나간 우리를 봐서 웃으려고 애를 쓰는데도 웃음이 좀처럼 나타나지 않는다. 오래 굳어 있던 얼굴이라 웃음을 쉽게 만들어내지 못한다.

복수가 낳은 에피소드

대형 철물점을 운영하는 자영업자다. 밀린 자재 값을
받게 해달라는 추심절차 의뢰였다. 의뢰인은 바쁘다는 이유
로 나더러 자기 점포를 방문해달라고 요청했다. 급하게 사
건을 신청해달라기에 두 시간여 거리를 오가며 가압류 신청
과 소장 제출을 일사천리로 대행했다. 사건을 먼저 접수해
주면 사건 비용은 후불로 지불하겠다고 했다. 소송비용 중
에는 법원에 납부할 공과금이 포함되어 대개는 선 입금 받
아 처리하는 게 관행이다. 하지만 접수하는 대로 비용을 입
금하겠다는 의뢰인의 말을 믿고 편의를 봐주었다.

그런데 처음 약속과는 달리 비용을 입금하지 않는다.
비용 청구 문자를 넣을 때마다 그다음 날 입금한다고 차
일피일 미루는 식이다. 나중에는 독촉 전화를 했다는 이유
로 짜증을 부렸다. 약속을 어긴 주제에 이해를 구하기는커
녕 도리어 나에게 화를 낸 것이다. 주객이 전도된 반응이다.

조용히 철물점 속사정을 알아봤다.

여러 거래처에 물품 대금을 떼이는 바람에 사실상 부도에 직면한 상태라고 했다. 그렇다고 해도 자기를 도와주고 있는 나에 대한 의뢰인의 태도는 온당하지 못했다. 경영상 어려움에 직면한 그에게 더 따져봐야 비용을 받아내기는커녕 서로 얼굴을 붉히며 다투기나 할 것 같았다. 비용을 받지 못할 바에는 문자로 복수나 하겠다는 심정으로 몇 줄 보냈다.

―부디 잘 해결되어 난관을 극복하기 바랍니다.

―이제 다시는 연락하지 않겠습니다.

―비용을 청구하는 일 없을 테니 수습에 보탬이 되기를……

솔직히 나로서는 '엿 먹으라'고 보낸 거였다. 짜증 내고 화를 내는 채무자에게 도리어 채권자가 위로하는 내용이었다. '양심이 있다면 머쓱해라'고 보낸 것이다. 도리와 경우를 안다면 '마음 아프라'고 홧김에 발송한 문자다. 그에게서 답신은 오지 않고 별다른 반응도 없었다.

그렇게 문자를 보낸 다음 곧바로 삭제했다. 그의 전화번호마저 지워버렸다. 한 점의 기대나 미련마저 없애 버리려는 내 깜냥의 수작이었다. 비용을 떼어먹든지 말든지 알아서 하라고 말이다.

우리에게 어떤 변고가 일어나건 말건…… 봄이 되자 꽃은 피었다. 가을이 오자 단풍이 들고 곧 졌다. 겨울이 또 오자 눈이 쌓이더니 얼마 안 가서 녹아내렸다. 새롭게 밀려오는 일상에서 그 일은 까맣게 잊어버린 과거가 되었고 시간 속에 묻혔다.

두 해쯤 지났을까?
─법무사님 오랜만에 인사드립니다.
낯모르는 번호로 문자가 떴다.
─재작년에 사건을 의뢰하고 비용을 입금하지 못해 죄송했습니다.
─배려해 주신 덕분에 한 고비 넘기고 돌아보니 법무사님이 떠올랐습니다.
─계좌번호를 보내주시면 비용을 입금해 드리겠습니다."
그 철물점 사장이다. 나한테 문자로 복수를 당했던 그 의뢰인이다.

그때 나는 배려한 것이 아니라 문자로 소심하게 복수한 것인데…… 내 돈 떼먹고 어디, 잘 먹고 잘사는가 보자고, 화풀이로 보낸 문자였는데…… 수신자에게는 배려로 둔갑되었다니…….

나는 할 말을 찾지 못했다. 이런 식으로 나에게 또 복수(?)를 하다니…….

문전박대당한 그분

수사관으로 처음 임용됐을 때 나 역시 승승장구하여 국장까지 승진하고 명예롭게 퇴직하는 꿈을 꾸었다. 정년을 마친 다음 가족들 손잡고 황혼을 누리는 노년을 설계했던 것이다. 하지만 뜻밖에 찾아온 사적인 불행은 내가 검찰을 일찍 떠나도록 당초의 계획을 수정시켰다. 내가 중도 사직의 결심을 처음 밝혔을 때 가족들은 완강히 반대했다. 십수 년 공직의 울타리 안에서 수사만 해온 터라, 내가 재야에 뛰어들어 제대로 헤쳐 나가기 어려울 거라는 우려 때문이었다. 하지만 이직으로 굳힌 내 마음을 누군들 되돌릴 수 없었다. 나는 그때 모든 걸 내려놓고 빈손으로 시작해야 하는 처지였다. 가족과 친지의 동정을 한 몸에 받는 신세였던 것이다. 나는 한숨으로 보내기보다는 담대한 도전 앞에선 나를 다독였다. 새벽마다 뒷산을 오르내리며 내가 영적으로 의지하고 있던 성부와 성자와 성령을 불러 독대를 청했다.

　―설마 저를 굶기지는 않을 거죠?

―저 혼자 호의호식은 안 할게요.

　―제발 좀 도와주세요!

　그렇게 몇 달을 보내며 내 안에는 신념의 싹이 텄다. 내가 믿고, 나를 믿는 '그분'이 결코 나를 낭떠러지로 보낼 이유는 없다고. 갑작스러운 나의 전직이 낭떠러지로 가는 길이라면 그것 또한 그분의 심오한 뜻이 내포되어 있을 것이라고. 내가 마실 수밖에 없는 쓴잔이라면 거부하지도 않을 것이라고. 나는 일사천리로 전직을 준비하고 경험이라고는 없는 재야의 법무사로서 모험을 시작했다.

　그런데, 기이한 일이 벌어졌다.

　사실 수사관으로 재직하는 동안 사건에만 매달려 왔을 뿐 주변 사람들에게 도움을 준 것이 없었다. 퇴직할 무렵 나를 복기하며 내린 내 스스로의 결산이었다. 쌓아놓은 덕이라곤 찾아볼 수 없는 처지라고 나를 인색하게 평가한 것이다. 한데 기대하지 않았던 선후배와 친지, 친구들이 내 일처럼 앞장서 나를 도와주는 거였다. 심지어 내가 불편만 주었을 것으로 여긴 이들까지 내 앞에 은인으로 나타났다. 그들은 도리어 나한테 도움을 받았으니 은혜를 갚고 싶다고 후원자를 자처하며 발 벗고 나서기까지 하였다. 예상을 깨는 반전의 역사를 통해 텅 빈 내 곳간을 채우는 데는 시간이 오래 걸리지 않았다. 나를 옥죄고 있던 빚을 갚고, 잃었던 집도 찾았다. 나를 향한 가족과 친지들의 걱정과 한숨을 거둘 수 있게 된 것이다.

법무사로 안착하기 위해 일 속에 파묻혀 지내기를 수년째, 어느 날 한 노인이 나를 찾아왔다. 노인은 꾀죄죄한 차림으로 고약한 냄새까지 풍기며 손과 발에는 장애를 가지고 있었다. 어눌한 말씨 탓에 어려운 대화를 이어가며 상담을 진행해야 했다. 노인이 자필로 썼다는 종이를 꺼내는데 삐뚤빼뚤한 필체는 번역이 필요할 정도로 알아보기 힘들다. 노인의 민원 요지는 이런 거였다. 자신이 타인에게 폭행을 당하여 고소를 하였고, 이어서 손해배상 청구를 하기 위해 소장을 직접 써 법원에 갔으나 퇴짜를 맞았다는 것이다.

나는 바쁜 업무에 둘러싸여 있었고 무엇보다 노인의 행색을 보아하니 돈 한 푼 없는 처지 같고, 계속 마주 앉아 시간을 뺏기는 게 싫었다. 나는 상담을 대충 끝내고 무료 법률 상담을 해주는 공공법인체 상담소에 찾아가라고 그곳의 연락처를 알려준 다음, 노인을 돌려보냈다. 밀린 일과를 다 마친 후 한숨을 돌리고 나니 문득 성의 없이 등 떠밀어 보낸 노인이 떠올랐다. 책상 뒤에 걸린 십자가를 보는 순간, 쫓아내다시피 보낸 노인이 바로 십자가 위에서 내려온 그 분이라는 생각이 나를 찔렀다.

"너희 가운데 가장 보잘것없는 자에게 해주지 않은 것이, 바로 나에게 해주지 않은 것이다"

그동안 십자가 위에서 나를 지켜보던 그분이 노인의 모습으로 나에게 찾아온 거였다. 수년 전, 내가 이직을 앞두고 뒷산을 오르내리며 그분과 한 약속을 잘 지키고 있는지 알아보려고 나를 찾아온 거였다. 하지만 그새 눈이 먼 나는 허름한 모습 때문에 그만 그분을 몰라본 것이다. 이름도, 성도, 연락처도 모르는 노인을 찾을 방법이란 없었다. 그날 일과를 다 마칠 때까지 내내 맘이 편치 않았다. 그다음 날도, 그다음 날도 일을 하다가 노인을 생각하면 그의 굽은 등이 나를 무겁게 짓눌렀다.

그런데 이게 웬일인가. 노인이 다시 나를 찾아왔다. 내 기다림에 응답이라도 하듯이 놀라운 일이 벌어진 것이다. 나는 정말이지 세상 떠난 아버지가 돌아온 것마냥 반갑게 노인을 맞이했다. 사무실 직원들은 태도가 변한 내 속내를 모르기에 의아했을 것이다.

노인은 처음 찾아왔던 그날 내 사무실에서 문전박대를 당한 후, 이곳저곳을 불청객으로 전전하다가 뾰족한 도움을 받지 못하고 다시 나를 찾아온 거였다. 마음을 가다듬고 노인의 말에 귀를 모으니 충분히 알아들을 수 있었다. 나는 노인이 원하는 문서를 만들어 주었다. 노인은 흡족한 표정으로 돌아가면서 한마디 던졌다.

　―법무사 양반 내가 땅을 사고팔게 되면 꼭 찾아올게.

　나도 화답했다.

　―부동산 사고팔 때 안 와도 좋으니까요, 이 사건 처리
될 때까지 힘들면 다시 찾아오세요.

　그 후로 노인은 두어 번 더 나를 찾아와 상담을 하고 돌
아갔다. 그때마다 나는 속으로 '아이고 우리 그분 오셨네' 하
고 반갑게 영접했다.

　노인의 일은 노인이 원하는 대로 해결되었다.

　언제부턴가 노인은 통 보이지 않는다. 하지만 그분은
언제 어느 때 십자가에서 내려올지 모른다. 아무것도 가지
지 않은 사람의 모습으로 다시 내 앞에 나타날지 모른다. 아
니 이미 오래전 허름한 모습으로 나를 스쳐 갔는지 모른다.
다만 눈이 먼 내가 그분을 알아보지 못했을 것이다. 아니 내
일 당장 또 그분은 올지 모른다. 다만 눈이 먼 나는 초라한
행색의 그분을 알아보지 못하고 또다시 문전박대할 것이다.

인간적인 너무나 인간적인 형

형의 닉네임은 장비다. 그는 삼국지의 장비처럼 생겨먹었고 또 그렇게 행동했다.

장비 형은 타국에 살고 있다는 옛 애인과 국제통화를 하곤 했다. 언어 장벽과 고국에 대한 향수를 형과의 전화 밀담으로 해소하는 모양이었다. 형은 내가 지켜보는 데도 거리낌 없이 자신의 애정행각을 드러냈다. 둘은 통화하면서 무언가 자기들끼리만 은밀하게 나눌 만한 사연이 있을 때는 은어를 뒤섞어 구사함으로써 솔깃한 나의 경청에 방어막을 치곤 했다.

―아무리 멀리 와 있다고 해도 나는 완전히 당신 거예요.

이런 식의 농염한 대사를 주고받을 것이 뻔했다. 형의 여자는 몇 년 만에 한 번씩 자신의 가족과 같이 귀국하는데, 형을 만나서는 친척 오빠라고 소개한다는 거였다. 심지어 가족이랑 합석해 밥은 물론 술까지 마신다는데, 술에 약한 그녀의 가족이 먼저 곯아떨어지기라도 하면, 운우지정을 나누었다고 발설했다. 그때 나는 그 둘이 불경하게 보이기는커녕 애잔하게 느껴졌다. 국경을 넘은 그들의 파격적인 사랑을 지켜보는 사이 나도 눈이 멀어버린 것이다.

몇 년이 흘러, 형은 다른 여자를 옆에 두고 있었다.

타국에 사는 예전의 그녀는 향수병이 완쾌되었을까. 궁금하기는 하였지만 물어볼 엄두는 못 냈다. 어느 도서 지역에서 형이 일할 때다. 당직을 서면 오전에 쉬게 되었는데, 어느 날 당직을 마친 형이 나를 데리고 어느 부두를 찾아갔다. 거기에는 형의 새 여자가 마련한 밥상이 우리를 기다리고 있었다. 두 사람이 어떤 관계인지 설명하지 않아도 알 만했다. 그들도 나에게 굳이 자신들의 관계를 설명하지 않았다. 그때쯤 나는 어지간히 세상의 희비에 시달리며, 신호등도 어물쩍 어길 만큼 얼치기는 벗어난 수준이었다. 다른 사람이라면 몰라도 형이라서 두 사람이 내게 보이는 행보가 하나도 유난하게 보이지 않았다. 당직을 틈새로 활용하는 그들의 행보가 애틋하게 보였다. 둘은 밥을 먹고 나면 나더러 먼저 가 주었으면 하는 신호를 은근히 보냈다. 눈치 빠른 나는 그들의 애정 전선에서 재빨리 빠져나왔다. 둘이 나머지 시간을 어떻게 불태웠는지는 상상하기 어렵지 않다. 나중에 안 일이지만 그녀가 형의 여자라는 건 그 부둣가에서 공공연한 비밀이었다.

　　장비 형에게는 나이 많은 아버지와 아우가 있었다. 술이 취하면 가끔 가족 얘기를 꺼냈다. 아우는 지체장애자라고 했다. 가족 얘기를 꺼낼라치면 평소 낙천적이던 형의 얼굴에 그늘이 번졌다. 형의 홀아버지가 운명하였다는 부음을 받고 조문을 다녀왔다. 그로부터 얼마 지나 아우마저 떠나보냈다는 말이 형의 주변에서 흘러나왔다. 저승으로 가는 아비의 발걸음이 무거워 혼자서는 갈 수 없었나 보다. 자신을 어둡게 하던 그늘의 배경이 사라졌는데도 형을 볼 때면 그늘이 더 깊어 보였다.

　　장비 형은 말술이다.

　　아무리 마셔도 얼굴색이 변하지 않는다. 내가 아는 한 술로는 누구도 그를 따르지 못했다. 형의 세계에서 가장 많은 부분을 차지했던 시간은 술과 여자였다고 해도 과언이 아닐 것이다. 형이 구축한 뒷골목에서 술과 여자는 그의 전유물이었다. 불행하게도 나는 체질적으로 술이 약해 형의 술자리에 자주 초대받지는 못했다. 그의 지음이 될 수 없었던 단 하나의 이유를 대라면 술이다. 그는 자기를 찾아오는 누구라도 술로 평정을 했고, 계급장을 떼어낸 다음 호형호제로 발전시켰다. 그는 어쩌다 눈먼 용돈이라도 생기면 독식하지 않고 밥값이나 하라며 내 주머니에도 찔러주었다.

형의 사는 방식은 그런 식이었다. 다른 선배가 그랬다면 펄쩍 뛰며 도끼눈으로 손사래를 쳤을 테지만, 형이라서 두말없이 쌈짓돈처럼 여겼다.

내가 다른 고장으로 떠나며 형의 곁에서 나는 멀어졌다. 그는 정년을 앞두고 명퇴를 했고 나는 그보다 몇 년 일찍 나왔다. 어느 가을, 그가 나에게 전화를 했다. 밥이나 한 끼 먹자고 자신의 단골 식당으로 불러낸 거였다. 아주 귀한 손님을 모셔 왔다고 나를 소개하고는 주인에게 가장 귀한 음식을 달라고 주문했다. 술이 몇 잔 돌아가자 형은 사뭇 진지한 투로 말을 꺼냈다. 말썽을 부리는 자기 아이 좀 부탁한다고. 형의 아이가 여러 건의 비행을 저지르고 사건 사고에 연루되어 그 과정에서 상당한 액면의 비용이 쓰였다는 걸 소문으로 접한 터였다. 돌아보니 지난날 자신이 땀 흘리지 않고 받아먹은 액수가 자신의 아이가 그동안 사고를 치며 버린 비용과 정비례한다는 토로였다. 그것은 고해소의 고백이나 다름없는 진술이었다. 나는 평소와는 다른 형의 태도에 조금 의아했다. 하지만 자신의 혈족에 대해 관심을 가져 달라는 통상적 대화로 여기고 화제를 돌렸다. 그리고 일주일여 지났을까, 형의 핸드폰 번호로 부음이 떴다. '본인 상'이었다. 나는 입을 다물고야 말았다. 유족의 전언에 따르면 자다가 운명하였다고 한다. 하룻밤 사이에 돌연사를 한 것이다.

*

　그는 나를 만났던 그날, 자기 죽음을 예견이라도 하고 육친의 안위를 당부한 것인가. 병약한 편이었던 나와는 달리 건강에 불편한 구석이 없던 형이다. 당연히 형이 나보다는 장수할 줄 알았다. 그런데 형은 나를 앞지르기 하여 내 시야에서 사라졌다. 그는 나보다 죽음에 적합하지 않은 사람 같았다. 그런데 그는 나보다 죽음에 쉽게 적응할 줄 아는 사람이라는 것을 죽음으로써 증명해 보였다. 그는 나보다 한 수 위라는 것이 죽음으로써 또 한 번 판명된 것이다.

　그는 삶보다 죽음을 우위에 둔 건 아닐까. 꼭 어디로 떠나기 전에 문단속을 하는 사람처럼, 그는 집안 단속을 하였다. 삶보다 죽음이 더, 한 사람에 대한 전모를 드러내 보인다. 내가 그에 대해 알고 있던 모습은 그가 삶 안에서 보여준 제한적인 모습이었다. 죽음을 앞두고, 죽음 직전에 보인 그의 행보는 내가 알고 있는, 그에 대한 전면적인 수정을 요구하게 만든다. 비로소 그의 전모를 파악하게 되었다. 생각해 보면 삶은 그의 절반이었다. 죽음으로써 그의 전모가 완성된 것이다.

　그는 내가 아직 가지 못한 길을 갔다. 다시 말해 그는 죽음이라는 최후의 문제를 풀어냈다. 그는 이제 삶을 견디지 않아도 되지만, 죽음이 삶에서 우리를 구해줄 때까지 나는 계속해서 삶을 견뎌야 한다. 삶이 신비로운 건 죽음이라는 전혀 알 수 없는 문제를 남겨놓고 있기 때문이다. 만일 죽음에 대해 조금이라도 알고 있거나, 죽어본 사람이 있다면 삶은 지금보다 훨씬 무기력한 영역으로 추락할 것이다. 어려운 시험을 앞둔 수험생처럼, 그러나 꼭 치러야 하는 시험처럼, 죽음은 긴장의 계곡에서 우리의 발을 빼지 못하게 한다.

적어도 형은 자신을 알고 떠났다. 형만큼 산 나는 아직 내 절반의 절반도 모르는데. 질문처럼 그가 던지고 간 죽음은 단순한 공포에서 내가 다루어야 하는 현안 혹은 주제로 부각되었다. 모든 죽음은 삶에게 보내는 독촉장이다. 삶이 유기한의 사용대차라는 걸 알려주는 내용통지서다. 삶의 사용자로서 의무를 다하지 않으면 기한이 언제라도 단축될 수 있다는 예고장이다. 그의 죽음은 나에게 마법 같다. 나는 그의 마법에 걸려 한동안 삶이 삐걱거렸다. 그의 죽음은 내 앞에 화살처럼 떨어졌다. 화살 끝에는 메시지가 달려 있다. 무엇인가 쓰여 있는데 아직 알아보지 못하고 있다. 죽음에 더 가까이 다가가면 지금보다 선명하게 드러날까.

몸으로서 그는 떠났다. 하지만 그가 했던 말이나 행동은 내 안에 그대로 남아 있다. 그 흔적은 그가 살아 있을 때보다 더 강도 높게 내게 영향을 끼치고 나를 환기시킨다. 그의 죽음이 내 안에 잠복 중인 그를 깨어나게 하였다. 그는 죽음으로써 내 안의 자기를 살려냈다.

약속의 무게

　법원에 소장을 낸 남편이 재판 초기 돌연 병사했다. 재산상속은 그럭저럭 정리했지만, 남편이 숙제처럼 남겨두고 간 소송이 문제였다. 미망인 금이 씨가 찾아와 도움을 청했지만 나는 별로 내키지 않았다. 생전에 유별난 성품의 소유자였던 그녀의 남편이 떠올랐기 때문이다. 그녀의 남편이 사망하기 몇 달 전, 내 사무실에 의뢰인으로 찾아왔다. 당시 나는 먼저 방문한 손님을 상대로 상담 중이었는데, 자기를 냉큼 챙겨주지 않는다고 그 잠깐을 못 참고 짜증을 내며 돌아간 뒤 다시 오지 않는 위인이었다.

　그녀가 내게 의뢰하려는 사건은, 그녀의 남편인 원고가 제기한 부동산 관련 소송에 맞서, 상대방인 피고가 반소로 제기해온, 고난도 병합 소송이었다. 그녀는 원고 측이었는데, 남편이 선임한 변호인은 남편이 사망 전 남편과 다투는 바람에 사임계를 내고 연락을 끊은 상태였다. 내 실력으로는 감당하기 어려운 사안이라고 그녀에게 솔직히 털어놓앉다. 그녀는 생전에 남편과 지낸 정을 생각하고 홀로 남은 자신의 처지를 봐달라고 막무가내로 사정했다. 변호사를 다시 선임하려면 수백만 원을 더 들여야 해서 부담이 된다고 했다. 돈은 더 들이고 싶지 않고, 소송은 이기고 싶은 것이 그녀의 바람이었다.

그녀가 돌아갈 생각을 안 하고 자기 사정만 봐달라는데 난처했다. 나는 거듭 안 된다고 단호하게 거부했다. 한데 이제 막 미망인이 되어 남편의 서류 가방을 들쳐 매고 낑낑대며 오가는 그녀의 모습이 한편으로 애처로워 보이기 시작했다. 내 마음속 오지랖이 발동한 것이다. 몇 번의 망설임 끝에 도와주겠다고 했다. 아닌 게 아니라 소송 기록을 검토해 보니 복잡한 사건이다.

상대방의 반소장과 준비서면을 훑어보니 피고 측 소송 의지가 완강해 보였다. 이왕 도와주기로 한 것이니 어쨌거나 승소하는 길밖에 다른 방도가 없었다. 판례를 검색하고 서류 가방을 뒤져 차근차근 정리해 보니 돌파구가 보이기는 했다. 원고 측 소송 서류 더미에서 주목할 만한 자료가 발견되었다. 상대방의 주장을 깨뜨릴 반박 자료로 쓸 만했다.

첨예하게 대립하던 소송은 여러 차례 변론 절차에서 서면 공방과 증거조사가 끝나고서야 1심 판결이 이루어졌다. 재판부는 그녀의 손을 들어주었다. 내가 준비해 준 서면과 서증이 먹힌 것이다. 그녀가 찾아와 연신 고개를 숙이며 고맙다고 인사했다.

　기쁨도 잠시, 1주일이 지나자 상대방이 항소했다. 그녀가 다시 찾아와 도움을 청했다. 이번에도 내가 거절할 기미가 보이자, 그녀는 재판이 끝나기만 하면 충분한 보수로 보상하겠다고 언약했다. 꼭 사례 때문만은 아니지만, 어차피 담근 발이니 항소심도 도와주겠다고 마음을 먹었다. 항소심에서도 변호인의 조력을 받는 피고는 집요하게 물고 늘어지며 자신의 주장을 관철하려고 서면과 서증을 줄기차게 제출했다. 그때마다 그녀는 상대방의 서면을 들고 와 반박할 서면을 작성해달라고 부탁했다. 기본 보수 정도만 청구해도 그녀는 운영하는 사업체가 어렵다고 하소연하며 죽는 소리를 동원해 읍소했다. 그녀가 운영하던 가게의 규모를 어느 정도 알기에 엄살인 줄 알았지만, 마음이 약해진 나는 겨우 기본 보수만 받거나 어지간한 서면은 무상으로 대행해 주었다. 그럴 때마다 그녀는 힘주어 말하며 나를 다독였다. 재판만 끝나면 외면하지 않고 부족한 대가를 보상하겠노라고. 나중에는 구체적으로 액수까지 들먹이며 지급을 약속했다. 나를 자기 조력자로 계속 붙잡아 두려는 그녀의 속셈이었다. 그녀의 다짐을 반신반의하면서 서면 작성에 심혈을 기울였다. 재판장을 설득할 만큼 충분하다고 여겨질 때까지 다듬고 다듬어 서면을 보완했다.

　항소심 말미에 가서는 상대방의 서면을 인용한 재판부

가 원고 측에 여러 가지 사안을 석명하라고 까다로운 보정을 내렸다. 그녀는 불안한 표정을 감추지 않았다. 항소심에서 뒤집히는 것이 아닌가? 우려했다. 나도 내심 불안한 생각이 들었다. 나까지 동요하면 그녀가 더욱더 불안해할까 봐 너무 걱정하지 말라고 안심을 시켰다.

마침내…… 항소심 재판부도 그녀의 손을 들어주었다.

판결 내용을 확인하러 온 그녀는 고맙다고 나를 공치사하며 울먹였다. 하지만 그녀는 돌아간 뒤 소식을 끊었다. 부족했던 보수를 보상하기는커녕 명절 때도 의례적인 선물 하나 보내지 않았다. 혹시나 했더니 역시나로 귀결되었다. 나는 그러려니 했다. 이 바닥에선 종종 벌어지는 일이니…….

두어 달이 지났다.

그녀에게서 다시 연락이 왔다. 비록 판결은 확정되었으나 승소한 원고로서 후속 조치가 남아 있다는 걸 뒤늦게 알게 된 거였다. 그녀는 상대방이 패소자로서 미루고 있는 후속 조치를 해달라고 내게 뒤처리를 맡겼다. 마음에 걸리기는 했는지 그녀는 부족한 보수 이야기를 다시 꺼내며 안 그래도 보상을 하려던 참이었고 이번 일만 끝나면 보답을 하겠다고 언약했다.

그녀가 부탁한 뒤처리는 잘 마무리되었다. 역시나 그녀는 보상에 대해서는 가시적인 행동도 안 보였다. 이번에도 나는 그러려니 했다. 얼마 지나 그녀가 다시 찾아왔다. 상대방에게 소송비용을 신청해달라고 요청했다. 이번에도 후렴구처럼 소송비용 신청이 마무리되고 상대방한테 돈만 받게 되면 약속대로 보상하겠다고 이전과 판박이처럼 언약을 했다.

나는 그동안 되도록 그녀의 남편으로 인해 만들어진 선입관을 갖지 않고 대하려고 애썼다. 하지만 그녀가 나에게 보이는 행동은 후회를 불러오게 했다. 내가 그녀의 사건을 맡아서 서류 작성을 대행하게 된 건, 내가 자원해서가 아니다. 전적으로 그녀가 매달려서 그리된 거였다. 그 점을 소송 당사자인 그녀가 모를 리 없다. 벌써 말로만 몇 번째 보상을 약속하고 있는가.

고비마다 내 사무실로 달려와 나에게 감언이설로 보답 운운하며 재판이 확정될 때까지 나를 자신의 조력자로 묶어 두고 자기가 바라는 만큼 나를 사용해온 그녀의 수완이 놀랍기만 하였다. 그놈의 돈 몇 푼 때문에, 나에게 매달리던 그녀의 초심은 시간이 갈수록 훼손되고 있다. 그렇다고 거짓말하는 것으로 그녀를 의심하면, 나 스스로 민망할 것 같아서 믿어보기로 했다. 속는 셈 치고 소송비용 신청 절차를 대행했다. 소송비용 신청 절차가 마무리되었는데도 그녀에게선 또 소식이 없었다. 상대방한테 소송비용을 받기는 했는지 궁금하여 넌지시 전화를 넣어봤다. 그녀는 겸연쩍은 목소리로 반응했다. 소송비용 절차가 마무리된 직후 상대방이 소송비용을 전액 입금했다는 것이다. 그런데 자신에게 딴 일이 생겨서 나한테 찾아오지 못한 것이라고 뻔한 변명을 늘어놓는다. 금명간 나를 만나러 나올 것처럼 호들갑을 떨었다.

통화를 한 날로부터 두 달이 가도록 그녀에게서는 연락이 없다.

의뢰인에 대한 원망은 금물이다. 다음에 찾아오는 의뢰인까지 의심하게 된다.

생전에 그녀의 남편이 옮기려다 주저앉고 떠난 험준한 산이 있었다면 이번 소송이었다. 나는 그녀가 혼자 감당하기에는 힘에 부치다는 그 어려운 산을 옮겨주었다. 그녀가 처음 나에게 산을 옮겨 달라고 부탁하러 왔을 때, 그녀도 나도 과연 그 산을 옮길 수 있을까, 하고 한숨을 쉴 정도로 난제였다. 그동안 그녀는 산을 옮기는 데 필요한 모든 작업을 나에게 맡겼다. 내가 힘들다고 할 때마다, 내가 산을 옮기기만 하면 꼭 보답을 하겠노라고 그녀는 다짐하곤 했다. 막상 옮기기 어려울 것 같던 산을 내가 옮겨 놓았을 때, 그녀는 추수가 끝난 뒤의 삽자루처럼 약속을 버렸다.

무언의 일갈

군청 뒤편 성황산 중턱에 비석이 도열해 있다. 여남은 개는 되는데 세어볼 만큼 큰 관심을 끌지는 못한다. 무심코 지나다 무슨 비석인가 싶어 살펴보았다. 헌데 오래된 탓으로 비문을 읽을 수조차 없다. 대부분의 글자가 지워지고 남은 글씨마저 알아보기 힘들다. 세운 사람을 알 수 없고, 추모 대상이 누군지도 구분하기 어렵다. 현감이라고 새겨진 비는 조선시대 것이고, 군수라고 새겨진 것은 대한제국 이후 것으로 추정할 뿐이다. 그래봤자 길어야 300년이다. 300년도 지탱하지 못할 비석인데 거창한 명목으로 거금을 거두어들이고 어지간히 백성들을 동원하였을 것이다. 혹자는 낡은 비석을 두고 용도를 다했다고 여길지 모르나, 비석의 용도는 바로 지금부터다. 글자들이 지워지고 그 주인을 알 수 없는 지금이야말로 비석의 가치는 돋보인다.

제 얼굴을 잃어가는 비석은 무언의 시위를 하고 있다. 이런 거 다시는 세우지 말라고. 시퍼렇게 살아 있는 눈으로

똑바로 보라고. 300년 뒤에 만난 우리에게 비석은 소리 없이 일갈하고 있는 것이다. 그리하여 비석은 세월 앞에서 묵언 수행 중이고, 나는 비석거리의 문하생이다.

*

그는 지역의 유지였다. 어느 날 그의 집 앞에 비석이 세워졌다. 그가 버젓이 살아 있는데 송덕비가 세워진 것이다. 그는 자신의 의지와 무관한 것처럼 행세했다. 비석의 건립을 추진한 명단이 비석 이면에 기록되어 있다. 주요 명단이 그의 측근이나 다를 바 없는 위인들이다. 그는 비석이 세워지고 조금 더 살다가 떠났다. 그가 떠난 뒤 지나가는 누구도 그 비석에 관심을 갖는 사람은 없다. 비석의 명단에 기록된 인물도 하나둘 그의 뒤를 따라가고 있다. 그리 멀지 않은 날 이 세계의 공부公簿에서 그 명단은 모두 제적될 것이다. 비석은 그때부터 홀로 남아 세인들의 무관심을 견뎌내야 한다. 얼굴을 잃어버린 지 오래된 저 비석들처럼.

고약한 결심

내가 현직에 있을 때 그들은 내 주변을 파고 살았다. 밥 먹고 술까지 먹자며 바쁜 나를 자꾸 불러댔다. 호형호제하며 지내자고 제의하면서 살갑게 대했다. 오래오래 정을 나누며 변치 말자고 나한테 다짐을 받고 싶어 했다.

내가 좋아서 그런 것은 아니다. 단지 내가 권력의 언저리에서 어떤 권한을 행사하고 있었기 때문이다. 그러한 신분의 나와 친하게 지내면 그것을 기화로 그들이 사건관계자들 앞에서 호가호위를 기대할 수 있었기 때문이다.

처음에 나는 그들이 진짜로 나를 좋아해서, 내가 잘나고 똑똑해서 내 곁에 머무는 줄로 착각했다. 그래서 그들의 말을 경청하고, 될 수 있는 대로 내가 하던 일에도 반영하려고 주의를 기울였다. 심지어 내 곁에 머무는 그들을 든든하게 여기기까지 하였다.

그런데 그게 아니었다. 어느 날 예고 없이 내 앞에 출현한 어떤 불행으로 내가 거기를 떠나기로 결심하였을 때, 내가 휘두르던 주먹만한 권한을 내려놓고 그 자리에서 빈손으로 내려와 바닥을 치게 되었을 때, 그들은 나와 거리를 두기 시작했다. 그들이 그렇게 내 눈에서 멀어지며 비로소 나는 알게 되었다. 그들과 나의 거리는 내가 어떤 권한을 가졌을 때와 비례하고, 어떤 권한을 내려놓았을 때와는 반비례한다는 것이다.

그들로서는 거짓말을 한 것이 아니다. 나와 변함없이 지내고 싶다는 약속은 맞는 말이다. 다만 내가 어떤 권한을 행사할 수 있을 때만 유효한 조건부 약속이었는데 나만 몰랐다.

나는 그때 어떤 시련으로 상한 몸이었다. 빈손이었고 바닥을 친 상태였다. 나에게서 탈탈 털릴 것이라고는 나밖에 없었다. 나를 풍기는 냄새뿐이었다. 그들은 마치 내 인생이 끝장난 것처럼 나를 피해 다녔다. 그들로서는 피할 수 없는 양자택일이었는지 모른다.

자신의 과거를 돌아보며 전적으로 불행하기만 했다고 말할 사람은 드물 것이다. 그런데 나는 거기를 떠나올 때를 돌아보면, 내 곁에서 잽싸게 돌아서던 그들이 떠올라 지워버리고 싶다. 내가 모든 것을 잃고 다시 얻게 된 '파산의 결실'이 있기는 하다. 그것은 '사람'의 정체를 알게 된 것이다. 그리하여 나는 그들이 나에게서 멀리 달아난 것을 알았을 때, 하나의 고약한 결심을 하였다. 함부로 마음을 열어주거나 가볍게 쓰지 말자고.

희한한 일이다.

횅하고 떠난 그들의 빈자리가 비어 있는 것만은 아니었다. 그들이 떠나고 비어 있는 자리를 그들과는 다른 부류의 사람이 찾아와 채웠다. 내가 세상 속으로 뛰어 들어가 다시 만난 사람들은 내가 다시 넘어지거나 비틀거리는 기세를 보여도 내 주변을 지켰다. 내 바닥의 실체를 알고서 나를 찾아온 그들은 더 이상 나에게서 멀어질 이유가 없었다. 그들은 그저 나만 보고 온 것이라 내가 앉아 있던 자리나 내가 차고 있던 계급에 대해서는 관심 밖이었다. 그들은 단지 내가 있으면 그만이었다.

*

거기를 떠나 재야의 세계에서 새로 자리를 잡아가던 어느 날, 사람이 붐비는 상가를 돌고 있는데 막다른 길목에서 옛날의 그들 중 하나를 만났다. 예고 없이 나를 방문하여 그와 내가 멀어지도록 조장한 옛날의 어떤 불행처럼, 그와 나는 예고 없이 서로를 방문하게 된 것이다. 내가 현직에 있을 때 평생 형제처럼 살자고 다짐했으나, 내가 빈손이 되자 가장 먼저 내 곁에서 멀어진 그가 별안간 내 앞에 나타난 것이다. 그는 나에게 자신을 들키자 어떤 혐의가 드러난 용의자처럼 안절부절못하고 외마디를 지르더니 입을 다물지 못했다. 비명은 그가 질렀으나 내가 더 아팠다. 나를 피해 다니다가 하필이면 시장의 막다른 골목, 비린내를 풍기는 생선 가게 앞에서 나에게 발각되었으니 민망도 했을 것이다. 서로 어정쩡하게 인사를 주고받다가 때마침, 나를 아는 체하는 다른 사람과 내가 잠시 한눈을 파는 사이, 그는 총총히 어디론가 사라지고 안 보였다.

상심한 나는 그와 함께했던 기억을 모조리 소환하여 그 자리에서 북북 찢어버렸다. 그가 옛날의 내게 던졌던 여러 다짐을 분리수거함에 쑤셔 박았다. 그것으로 모자라 집에 들어가자마자 평소 내가 좋아하는 삐딱한 시 한 수를 끄집어낸 다음, 읽고 또 읽었다. 통째로 암송할 수 있을 때까지 기억의 교체작업을 한 것이다. 혹시나 내 저의를 무시하고 그 이름이 내 안에서 다시 떠오르면 그날 암송한 시가 흑기사처럼 떠올라 그에 관한 기억을 물리칠 수 있도록.

나의 편견

C선배를 만났다. 몇 달 만이다. 그는 자신의 이런저런 근황을 돌려서 말하는가 싶더니 내게 전하고 싶은 말을 꺼냈다. 사실은 몇 달 전 가상화폐에 손을 댔는데 대박이 났다는 것이다. 그 대목부터는 더 묻지 않아도 침을 튀기며 무용담처럼 늘어놓았다. 고액을 작정하고 걸었는데 거액으로 튀었다는 것이다. 불어난 액면이 워낙에 커서 노후 걱정은 안 해도 되겠다고 자랑을 늘어놓는다. 그는 그것 말고도 이미 묻지마 투자를 여기저기 해둔 게 몇 배나 뛰어 신흥 부자 소리를 들어온 처지이다.

자신에게 닥친 대박의 결과를 자기 삶을 미화하는 근거로 삼는 눈치다. 그동안 잘 살아서 주어진 몫이라는 논리다. 문득 한 사람에게 쏠리는 이 자본의 호의에 대해 나는 의문이 들기 시작했다. 그는 평소 남을 위해서는 자기 지갑을 통 열지 않는 타입이지만, 자기를 돌보는 호의호식의 투자는 아끼지 않는 면모를 지녔기 때문이다.

그는 평소 재물 앞에서는 아주 낮게 머리를 숙이고 공손한 태도를 보였다. 그의 처세에 맞추어 재물은 그의 부탁을 들어준 것 같다. 행운이 그를 과녁으로 명중한 것이렷다. 나로서는 어쩐지 그가 누리고 있다는 호사의 일부가 타인에게 돌아갔어야 할 몫이라는 의심을 떨칠 수 없었다.

여기서 잠깐 20여 년 전으로 거슬러 간다.

당시, 권력의 언저리에 있던 내 주변을 맴돌며 그는 선배로서 내가 쳐놓은 울타리를 자기 처세에 '십분 활용'해 먹곤 했다. 그런데 내가 돌연한 사건으로 좌초될 위기에 처하자, 석연치 않은 이유를 들어 그는 나와 상당한 거리를 두고 지냈다. 나는 내게 닥친 불행 앞에서 운명의 희생 제물임을 의심하지 않고 자진하여 포로가 되기로 하고, 불행을 향해 묶일 각오로 두 손을 내밀었다. 그때 나는 운명이 파놓은 소용돌이 속으로 빠져들어 가는 느낌이었다.

나는 낙향을 결심하고 짐을 싸기로 결심했다. 그 무렵 여차하면 사직서를 내기로 마음먹었고, 지인 몇에게는 불가피한 경우 도움의 손길을 내밀지도 모른다고 예고해둔 터였다. 나를 구해줄 누군가를 수소문해야 했고, 0순위는 영적인 절대자였다. 그다음으로 재정적인 후원자가 필요했다. 내가 염두에 둔 인물 중에는 그도 포함되어 있었다. 왜냐하면 그는 나에게 평소 어려운 일이 생기면 물심양면으로 나를 돕겠노라고 호언하였기 때문이다. 하지만 그는 내 가까이에서 나의 불행을 지켜보며 다른 사람보다 재빨리 알아챘다. 나로부터 예상되는 구조 요청을 피하려고 멀리 달아나 있었다. 천신만고 끝에 내가 재기했다는 소문이 돌자, 그는 다시 그럴듯한 명분을 앞세워 내가 자리 잡은 지역을 빈번하게 왕래하면서, 내 주변을 어슬렁거리고 다시금 자신의 처세용으로 나를 팔고 다녔다. 내가 시련의 전장으로 출정할 때 나를 등진 그의 행적을 나는 잊지 않고 있다. 하지만 나는 그동안 그때의 일에 대해 언급한 적이 없다. 그런데 그가 자신의 삶을 미화하는 통에 불현듯 그때의 일이 오늘로 소환된 것이다.

내가 아는 한 그는 한 달이 가도, 일 년이 가도, 아니 십 년이 가도록 책 한 권 읽는 법이 없다. 나와는 오래된 인연이지만, 내가 몇 권의 책을 내도록 내 저서의 근황에 관해 물어본 적이 없다. 언젠가 어떤 경로로 내 출간 소식을 접한 그가 책 몇 권을 사주겠다고 돈을 부쳐왔기에 책을 배송해 주려고 주소를 묻자 그의 대답이 가관이었다. 책은 굳이 안 보내주어도 된다는 것이다. 읽을 사람이 자신의 주변에는 없다고.

그는 재물을 향해 달려가느라 문학 같은 데는 할애할 시간이 없는 사람이니, 문학을 향한 내 느린 행보를 실익이라고는 없는 일로 치부할지 모른다. 하지만 나는 요행의 곁에 나를 혼자 두고 싶지는 않다. 그 행운이라는 자객이 내 고지식한 문학의 행로를 방해할 우려가 있어서다.

친애하는 나의 의뢰인들

이른 아침 식전부터 전화가 울린다. 의뢰인은 머우실 이장이다. 언제 출근하냐고 묻는다. 나는 아홉 시쯤 나갈 거라고 한다. 이장은 대뜸 모내기를 앞세운다. "시방 모내기 땜시 징허게 바뻐가꼬 시간이 읎당게, 긍께 지난번 맹키로 언능 좀 나오면 좋겄는디" 나는 알았다고 한다. "저번 맹키로 장화 신은 채루다가 후딱 갈라니께 사무실에서 보더라고 잉" 나는 알았다고 한다. "하이고, 미안히서 어쩌쓰까잉" 나는 암시랑토 안타고 한다.

시골에 터 잡은 법무사에게 틀에 박힌 시간은 따로 없다. 의뢰인과 당사자의 다급한 형편에 달려있을 뿐이다. 시골 약사도, 중개인도, 미용사도, 목수도, 심지어는 시골 바둑이도 사정은 매한가지다. 오로지 농부의 시간표에 매여있다. 시골에서 모내기보다 귀한 일은 없기 때문이다. 오뉴월에 농부보다 바쁜 사람은 없기 때문이다.

시골에서는 농부가 법이고 농부가 주인이다. 농부의 땀을 따라가 이르지 못할 곳이 없다. 농부의 꽁무니를 따라가 안 되는 일도 없다. 이는 시골의 오래된 불문율이라.

*

보수료가 000만 원인 사건을 의뢰받았다. 그런데 의뢰인의 요구대로 처리하면 나까지 분쟁에 휘말릴 우려가 보였다. 상담과 자료 수집을 추진하다가 막판에 수임을 포기했다. 아주 잠깐, 보수료에 대한 미련이 내 결심을 흔들었다. 고민 끝에 포기하니 시원섭섭했다.

그 직후 동일한 액면의 사건을 들고 다른 의뢰인이 찾아왔다. 뜻밖의 방문이었다. 포기한 보수료만큼 다른 사건으로 채운 셈이 되었다. 일련의 과정을 지켜본 내 지인이 한마디 했다. '이것은 섭리다'

화응和應

어른만큼 큰 아이인데 엄마가 손을 꼭 잡고 다닌다. 지적知的으로 아픈 아이 같다. 엄마가 집에 가자고 하자, 아이가 돌아서 인사한다.

—잘 있어!

—또 올게!

근데 아무도 없다. 아니다. 키 작은 꽃이 서 있다. 아이의 말을 알아들었는지 끄덕인다.

부안 사람들

한 고장을 아는 법은 거기 사는 사람들이 어떻게 일하고 어떻게 사랑하고 어떻게 늙어 어떻게 죽어 가는가를 알아보는 것이다, 고 하였다. 크고 오래된 바다를 끼고 있는 이 고장은 노을 때문인지는 모르겠으나, 일들은 많이 하지만 꼭 부자가 되겠다는 욕심 때문에 그러는 건 아니더라. 이곳 사람들은 무엇보다 시가詩歌에 대한 관심이 유별나더라. 혈혈단신으로 살다가 젊으나 젊은 나이에 거문고와 함께 묻힌 일개 기생 매창의 무덤을 500년 넘게 지켜온 그들이더라.

죽어 없어진 천한 신분의 무덤을 단지 시인이 남기고 시詩 때문에 온 고을 사람이 통틀어 지켜왔다는 예를, 나는 일찍이 동서고금 어디에서도 들어본 적이 없다. 그러니 매창의 흔적을 찾아보지 않고서 부안을 다녀갔다고 자랑하는 건 참으로 민망한 일이다.

매창이 죽었을 때 부안 사람들은 그녀가 잊히도록 내버

려두지 않겠다고 무언의 약속을 했다. 시가 준 울림이 이 고을 사람들에게 그녀를 벗어나지 못하게 했던 것이다. 그녀의 시를 읽은 사람은 누구나 그녀의 연인이 되었다. 부안 사람들에게 매창의 무덤을 지키는 일은 타인의 일이 아니다, 그녀의 연인이 된 자신들의 일이다. 매창 사후 많은 작가와 작품이 부안을 왔다 갔다. 하지만 소용없는 일이다. 매창은 여전히 부안 사람들의 첫 번째 자리를 차지하고 있다. 부안 사람들은 자신들이 매창과 동향인 것을 스스로 자랑으로 여긴다. 현대 첨단 문명의 엉큼한 수작도 매창과 부안 사람의 사이를 떼어놓지 못한다. 500년이 흐른 지금, 부안 사람과 매창 사이에는 그만큼 우정이 깊어졌다.

부안에 오면 누구라도 그녀의 연인이 되고 만다. 부안 사람들이 외지에서 부안을 찾는 사람들에게 매창을 앞세우기 때문이다. 그것은 부안 사람들의 의식 같은 것이다. 그들에게 매창은 시를 읽게 만드는 유일한 시인이다.

*

설령 오지 중의 오지라고 할지라도 자기가 태어난 곳이라면 사랑할 수밖에 없다. 나 역시 '부안'을 송두리째 사랑한다. 사랑하는 사람의 매력을 몇 개만 꼽아서 열거할 수 없듯이, 우리가 앞다투어 사랑하는 부안의 매력이 어디 한두 가지로 그칠 수 있는 곳인가?

부안에서는 특히 저녁의 표정이 유별나다. 그걸 확인해 보기에 가장 적당한 곳은 솔섬이다. 또 하나 예를 들면 천일염전을 앞세우고 저무는 제빵소다. 사람의 아들은 빵만으로 살 수 없다고 하였지만, 저기서는 빵만으로 살 수 있다. 주말에는 경향 각지에서 몰려온 미식가들로 붐벼 번호표를 받아야 한다.

　솔섬에서 제빵소까지는 해안 일주도로를 타면 된다. 오솔길처럼 구불한 그 명품 길을 하늘에서 굽어보면, 마치 외변산이 차고 있는 목걸이처럼 빛난다.

　내 문학의 근원적인 배경은 유소년을 지배한 어머니의 그늘이고, 내 문학의 성장에 기여한 자양분은 수사관과 법무사로서 현장의 경험들입니다. 어머니가 개설한 땀방울과 한숨은 내 청춘의 필수과목이었습니다. 사건 속에서 이해관계인들은 나에게 단행본이었습니다. 각양각색의 인물군을 책처럼 통독하며 나는 세계의 이면을 깊이 들여다볼 수 있었습니다.

　첫 산문집에서 일부러 빼놓았던 혹은 기억의 배반으로 빠뜨린 이야기를 다시 한 권의 책으로 엮었습니다. 어떻게 해서든 그 시절의 남은 이야기를 털어놓아야 앞으로 나아갈 수 있기 때문입니다. 그래야 오늘의 이야기를 본격적으로 다룰 수 있어서입니다.

　이 책의 절반은 갈등의 한복판에서 당사자끼리 거리를 좁혀가는 방법을 발견하고 실행해온 지난 시절의 고백이고 어제에 대한 자탄입니다. 나머지 절반은 어머니가 통치한 추억의 제국에서 벌어졌던 자전적인 서사를 배치하였습니다. 한 인간이 여러 캐릭터를 소화하며 살아온 궤적을 일인칭으로 기술한 것입니다. 여기서 '한 인간'은 나일 수 있고, 한때 내 주변에 흔적을 남겼거나 지금도 머물고 있는 당신일 수 있습니다. 혹은 우리가 알고 있는, 우리가 잊어버린, 잊혀서는 안 되는 그 누구일 수 있습니다.

사실 그대로 쓴 것이 있는가 하면, 사실을 바탕으로 각색한 것도 있습니다. 굳이 실명을 밝힌 것이 있는가 하면, 애써 익명으로 처리한 것도 있습니다. 내 글은 산문과 소설의 중간 어느 지점에 흐리터분하게 서 있습니다.

*

감사합니다. 이 말을 자주 쓸 때는 마음에 평화가 머물고, 이 말을 잊고 지낼 때는 평화가 깨지곤 했습니다. 그렇습니다. 사막의 철학자 말씀처럼 세계는 신비 그 자체입니다. 내가 가진 것, 누리는 것, 얻은 것(문학적 상상력까지), 어느 것하나도 나 혼자 힘으로 거저 이룬 것은 없습니다. 그것들 하나하나는 이 세계가, 세계를 구성하는 당신들이 나한테 주는 선물입니다.

가장 가까이서 첫 독자를 자임한 마리아에게 오! 하느님, 가장 아름다운 계절을 주소서. 내 생에 환희로 찾아온 혜진이, 성원이한테는 백지를 주소서, 그 여백에 사랑으로 채울 수 있도록. '평교패밀리'와 '상동패밀리'에 진 사랑과 기도의 빚이 많습니다. 이 책으로 밀린 이자를 대신합니다.

'작당'의 동인, 그들은 칙칙한 심연을 보인 적이 없습니다. 그들은 언제나 유머를 구사하여 서로가 품고 있는 웃음을 밖으로 끌어냅니다. 그들의 유머 앞에 서면 누구라도 자신을 열어놓을 수밖에는 없습니다.

끝으로 내 산문이 거처할 집을 지어주신 이용헌 시인과 소울앤북 편집부에도 감사합니다. 진정한 작가는 남의 이름을 빌리지 않고 자기 이름을 빌려주는 것이라는 말씀을 기억하며 여기까지 왔습니다.

2023년 가을
부안 선은동에서 조재형